Com un miratge

Com un miratge

Maria Mercè Roca

Editorial Barcanova

Disseny de la col·lecció:
Laia Salcedo
Fotografia de la coberta:
Pere Formiguera

Editorial Barcanova, SA
Pl. Lesseps, 33, entresòl
08023 Barcelona
Telèfon 93 217 20 54
Fax 93 237 34 69
e-mail: barcanova@barcanova.es
setzena edició: gener del 2002
Dipòsit legal: B-5002-2002
ISBN: 84-489-0373-0
Printed in Spain
Imprès a Romanyà Valls, S.A.
Plaça Verdaguer, 1. 08786 Capellades

Mon remembrar és ma confusió.

Ausiàs Marc

1

Aquell hivern va ser llarguíssim i l'estiu no acabava d'arribar mai més. Tot el juny vam tenir encara els focs encesos i anàvem vestits com a l'hivern: si no fos perquè algun altre any havia fet igual hauria semblat que el bon temps no havia de venir. A més, els estiuejants van arribar més tard: a final de juny encara no hi havia cap apartament obert, i la gent que venia els diumenges es quedaven només a dinar i marxaven, perquè feia fred. I jo estava igual que cada any per aquest temps: volent que vinguessin i tement-ho, sense cap ganes que la plaça del Raig s'omplís de cotxes i en canvi cansat de veure-la buida tant de temps. En realitat, ara que hi penso, els del poble, a la gent de fora, no els estimen. Per un costat els troben ridículs perquè es meravellen d'unes coses que per nosaltres són tan normals com que es fa clar cada dia: passen les vaques, per exemple, pel carrer del Mig, brutes, amb les anques plenes de merda d'haver-s'hi ajagut a sobre, a vegades cagant mentre caminen, i ells s'hi embadoquen, les troben maques, queden fascinats veient el vaquer que les crida i les fa passar avall a cops de bastó. I les dones grasses van amb xandall i els homes, amb pantalons curts, disfressats de vacances. Però també és veritat que els tenen una mica d'enveja —els tenim, suposo, una mica d'enveja— perquè són més senyors, fan vacances, i les senyores són més fines. I a mi també, no vull negar-ho, em fa il·lusió esperar a veure com són els que vindran i si hi haurà algú que valdrà la pena i si potser tindré amb qui jugar al billar. Doncs això: era a final de juny i encara no havia vingut ningú, encara encenÍem el foc a la tarda i si no hagués passat altres vegades hauríem dit que aquell any no hi havia d'haver estiu; tots esperàvem els de fora i ningú no ho deia, com si ens n'amaguéssim.

Es va acabar el curs i va venir Sant Joan: ens vam passar una setmana recollint caixes i papers per fer la foguera a la plaça de l'Ajuntament: cap any no l'havíem feta tan alta com aquell. La vam encendre tan bon punt es va fer fosc; a dalt hi havíem posat un ninot de palla vestit amb robes que havíem arreplegat. Feia cosa de veure: va començar a cremar pels peus, després el cos, després el cap li va caure cap endavant. Estava lligat a un pal i hi va haver un moment, quan les flames van ser més grosses i es va anar arrugant, que semblava una persona i feia una mica d'angúnia. Vam tirar petards fins a la matinada, i encara l'endemà vam anar buscant per terra si n'hi havia algun que no hagués petat, i llavors la gent rondinava perquè deien que una nit era una nit i que ja n'hi havia prou.

Després de Sant Joan van marxar en Ramon i el seu germà de colònies i no havien de tornar fins a l'agost i a mi em sabia greu perquè era el primer estiu que marxaven i que estaria sol. Per entretenir-me vaig dedicar unes quantes tardes senceres a arreglar la bicicleta. Sense bicicleta, aquí, a l'estiu, no s'hi pot pas estar: és imprescindible per anar al riu, a la Font del Coronel, a la capella... pertot; si no tens bicicleta val més quedar-te a casa, i jo vaig dedicar unes quantes tardes a deixar-la com nova. Amb les eines del meu pare —vaig fer un escampeig de claus allà al pati— vaig tensar els frens, inflar les rodes, dreçar els radis i vaig pujar el seient. També vaig canviar la bombeta i vaig treure una petita cistella de portar paquets que tenia al darrera perquè la trobava ridícula. De tant en tant donava un copet amb la clau anglesa en algun ferro perquè sabia que feia professional. I al final, amb tot de draps, la vaig deixar lluent.

I anaven passant els dies. Plovia cada tarda: s'enfilaven uns núvols foscos al darrera el Torreneules i al cap de poca estona ja plovia, i sempre feia llamps i trons i sempre al cap de poc se n'anava la llum. Havent dinat, quan encara s'aguantava, sortíem, la meva germana i jo, i anàvem fins a l'estació a veure passar els trens. A vegades posàvem monedes a la via i després quan les agafàvem eren ben planeres. I a la pujada sempre igual: ella no podia; a l'alçada de la capella feia figa, baixava i cridava fins que jo, per no sentir-la, també baixava de la bicicleta i la portava a la mà. Em feia enfadar, perquè la pujada no és pas tan forta, i si hagués fet l'esforç d'aixecar el cul del seient hauria pogut. Però ja ho sabia de sempre, i encara no sé com m'avenia a sortir amb ella cada tarda: deia que es cansava i a més a més jo havia de portar el seu mateix pas perquè si no feia morros dos dies. A l'estació, mentre esperàvem els trens, a vegades parlàvem de la gent de fora que no arribava i de l'hivern aquell tan avorrit i llarg.

Una d'aquelles tardes se'ns va posar a ploure mentre pujàvem per la carretera, amb les bicicletes a la mà. Era un dels primers dies de juliol. Plovia poc: era una pluja més dolça que altres tardes, a penes feia cap soroll. Vam seure a la plaça del Raig, a la bassa dels capgrossos, a sota els plàtans; miràvem com plovia sense dir res. Llavors va arribar un cotxe gros, va aparcar a l'entrada del carrer i de dins van baixar un home i una dona, una senyora gran que devia ser la iaia i dues nenes. Una nena i una noia, més ben dit. La meva germana de seguida em va preguntar la marca del cotxe: va tenir una temporada que ho preguntava sempre, com un vici, i després quan la hi deies ni s'hi fixava, o sigui que mai no se les va aprendre ni crec tampoc que en el fons li importés gaire. Vam mirar aquella gent com enfilaven el carrer, de pressa, la iaia amb el paraigua obert i els altres entomant la pluja. Al cap d'un moment tornaven amb el senyor Ciurana, que és el senyor que ensenya els apartaments. Van entrar per la porta l'un darrere l'altre; nosaltres vam aprofitar que havia amainat i vam fer una correguda empenyent les bicicletes fins a casa.

2

Aquella setmana, de mica en mica, varen arribar tots. Hi ha gent que hi té casa i ve cada any, des de fa molt, i tota la vida els he vist igual. La senyora Salvadora feia ganxet a la porta i el senyor Farreres seia en una cadira de balca al carrer i anava canviant de lloc perquè el metge li havia dit que li havia de tocar tot el sol que pogués. Va arribar també la senyora Mitjans amb les seves dues nétes, que havien crescut però que continuaven tan tímides com sempre. I l'Ester, amb una moto més grossa que la de l'any passat, amunt i avall, tot el dia. I després hi havia els nous, els que venien per primera vegada, els dels apartaments. Jo vaig entrar-hi un dia, en un apartament d'aquests, i el vaig trobar petit però molt agradable i molt modern. La meva mare, però, diu que avui dia la gent vol sortir, no importa on ni com, i que tot l'any només pensen en el mes de vacances i quan s'acaben els trenta dies de l'estiu ja comencen a pensar en el Nadal, i després en la Setmana Santa, i sense adonar-se'n ja torna a ser l'estiu.

Doncs això: que tothom va anar arribant i encara no feia gens de bo. I a tot arreu no se sentia parlar de res més: que l'hivern no marxava i que l'estiu seria curt i que ja teníem prou aigua. El temps no s'assentava i els de fora anaven vestits d'estiu i caminaven encongits perquè tenien fred. Cada dia igual: al matí feia un sol fort i la gent s'animava; a migdia es tapava, a primera hora de la tarda tronava i al cap de poc plovia. M'estava moltes estones a casa, escoltant música, mirant per la finestra. Mirava els ocells: es posaven a les teulades, molls, s'hi estaven un moment i marxaven, atabalats. M'avorria.

Fins que va estar un parell de dies que no va ploure i va semblar que el temps canviava. A casa, a l'estiu, em deixen sortir una estona cada vespre, havent sopat. Anava al Torreneules, bevia alguna cosa i mirava com jugaven al billar. Mirava les cares noves. Hi havia força nois de la meva edat i vaig pensar que m'hi hauria de fer amic, però això d'acostar-me i començar a parlar amb algú que no conec és una cosa que em fa una angúnia horrorosa: sempre tinc por que els molesti, o que no els agradi, i que quedi en ridícul. O sigui que no els vaig dir res, ni l'endemà ni l'endemà passat, però ara de tant de veure'ns quan ens trobàvem pel carrer ja ens saludàvem. I un dia que em van convidar a fer una partida la vaig veure.

La veritat és que no sé si hi vaig pensar, en ella, després d'haver-la vist arribar amb la seva família des del Raig i abans de veure-la aquella nit. És a dir: sí que hi vaig pensar, perquè em recordava de com tenia els cabells, però vull dir que no sé si hi vaig pensar més, més intensament, expressament. Però quan la vaig veure allà al Torreneules, en una taula, amb la seva germana, vaig pensar de pressa moltes coses: que si era allà volia dir que havien llogat un apartament; que si havien llogat un apartament s'hi estarien tot el mes; que si s'hi estava tot el mes la veuria molt, i que m'agradava. Que m'agradava que s'hi estigués, que m'agradava poder-la veure, que m'agradava ella. Ho vaig pensar en un segon, en menys d'un segon, i em vaig sentir content però em vaig posar tan nerviós que ja no vaig endevinar cap bola més en tota la partida. Quan va ser l'hora d'anar-me'n ella encara era a la taula, anava menjant patates i mirava la televisió. La vaig mirar molt detingudament per saber bé com era, i quan li vaig passar pel davant li vaig dir adéu, com si la conegués, i em va mirar una mica sorpresa però també em va contestar. Vaig anar cap a casa a poc a poc, fent molta i molta volta, pensant-hi. Plovia una mica.

3

He sentit a dir que quan un està enamorat la persona que estima li sembla la millor i li sembla diferent. A mi em va passar una cosa semblant. Sé que farà riure: quan la vaig veure vaig pensar que era la primera vegada que veia una noia. Una noia de veritat, vull dir. Les que coneixia fins llavors eren una altra cosa; ella era diferent. Fins i tot el nom, el tenia diferent: es deia Salut, i jo no coneixia ningú que s'ho digués. De tota manera, encara vaig tardar una mica a saber com es deia i a parlar-hi una estona a soles: abans vaig estar un parell de dies anant pel carrer, amunt i avall, de la plaça del Raig a la plaça de l'Ajuntament i de la plaça de l'Ajuntament a la plaça del Raig per veure-la. I res. Devia semblar imbècil, amunt i avall, tot el dia, perquè ni em vaig prendre la molèstia d'agafar la bicicleta perquè no es veiés tant. Només caminava, amb les mans a la butxaca, mirant. I res. Com si hagués desaparegut. I encara va ser pitjor la tarda que va ploure i que em vaig haver d'estar a casa: anava d'una finestra a l'altra com una bèstia tancada i maleïa el temps perquè no m'ajudava gens. I a casa hi pensava. No m'havia passat mai: tancava els ulls i la veia. La veia asseguda a la taula del Torreneules, i li veia els cabells. Portava els cabells fins una mica més amunt de les espatlles, tallats ben rectes, com amb un regle, estirats, i el serrell també, ben recte a sobre els ulls. Com un patge, em sembla. Negres, absolutament negres, fosquíssims, com els ulls. Però els ulls eren una mica més dolços, separats del nas, allargats com una ametlla. Posava la mà a dintre de la bossa, treia una patata, se la posava a la boca i després es llepava els dos dits. Vaig passar dos dies pensant aquestes coses, pensant que era diferent, dient-me que no era pas que a mi m'ho semblés, sinó que era diferent de veritat. I no sé pas quant de temps hauria estat així, en aquesta fase tan dolça i sofridora alhora, si no hagués estat per aquella abella.

Perquè la cosa va anar així: quan la vaig veure, al cap de dos o tres dies, no em va dir res. Ben res. Ni em va veure. Ni em va mirar. Em vaig quedar quiet, dret, com un estaquirot, al mig del carrer, sense saber què fer, incapaç de dir res, veient com entrava a la porta dels apartaments, sentint com aquell neguit nerviós però calent i alegre es fonia de cop i es convertia en una gran desil·lusió, freda i dura. Em vaig avergonyir molt d'haver-la esperat, d'haver-hi pensat tant, d'haver estat tan ingenu: durant un parell de dies vaig tenir un malestar horrorós a dintre i no ho podia dir a ningú. No sabia on posar-me.

I sort de l'abella. Any d'abelles, any de neu: és veritat, perquè va ser l'any de les nevades aquelles tan fortes. No hi havia gaires mosquits però en canvi hi havia moltes i moltes abelles. La punxada d'una abella és molt dolorosa: hi ha gent que té al·lèrgia que ha d'anar a cal metge i tot. Estàvem amb la meva germana a la plaça del Raig, asseguts al pedrís; jo mirava la porta dels apartaments i de cop la porta es va obrir i van sortir ella i la seva germana, amb una garrafa buida cada una. Venien cap a nosaltres, a omplir-les al Raig. Vaig quedar-me quiet, amb el cor bategant-me a dintre el pit i al paladar, fortíssim. Caminaven a poc a poc, passejant, amb desgana, i no acabaven d'arribar. Aquesta vegada va ser ella que va dir hola, però no em va mirar: es va acostar a la bassa i es va posar a mirar els capgrossos; mentrestant la seva germana omplia la garrafa. I de cop va xisclar. Va xisclar, l'aigua es va vessar i ningú no sabia què passava. La meva germana i jo vam baixar del pedrís i ens hi vam acostar: entre un xisclet i un altre vam entendre que hi havia una abella. La vaig veure de seguida: era enorme, volava nerviosa d'un costat a l'altre, marxava una mica i tornava de seguida. El pitjor que es pot fer quan hi ha una abella és moure's, i elles dues no s'estaven quietes. I ara xisclaven totes dues. Fins que la va picar. De cop ella —vull dir ella, no pas la seva germana— va deixar de xisclar i es va quedar blanca i se li van negar els ulls. A l'esquena hi tenia una gran rodona blanca que se li anava inflant per moments. Em vaig ajupir, vaig agafar terra molla del costat de la bassa, vaig fer una pasta i la hi vaig posar a la picada. La hi vaig anar fregant amb els dits molta estona, molt a poc a poc, fins que la meva germana va dir que ja estava bé, que ja no hi havia fang. Ella no va dir res. Les vaig ajudar a omplir les garrafes, li vaig preguntar si li feia mal i em va dir que no, em va donar les gràcies i se'n van anar. Estava contentíssim: ara la pròxima vegada que la veiés li preguntaria com li anava la picada i tindria una excusa per acostar-m'hi. La meva germana estava morruda: va dir que s'avorria i que volia anar a casa.

4

L'endemà vaig haver de pujar a Fontalba amb el meu pare a veure els cavalls. Era una cosa que sempre m'ha agradat moltíssim: els cavalls s'estan a baix el poble fins cap al maig, que pugen a Fontalba, i s'hi estan fins que comença a fer fred; pugem molt sovint a veure'ls. Anem amb el cotxe fins al refugi i després seguim a peu fins a dalt de tot. Els veiem de seguida: si caminen, el cavall gros va tot davant, amb l'esquellot penjat, i els altres una mica més endarrere, seguint-lo. Pugem, veiem els cavalls, fem un esmorzar fort i tornem a la tarda. I anem sempre fins a la Font Alba. Tantes vegades de veure-ho, encara ara em meravella que puguis aixecar una pedra i que de sota en surti una deu. I una altra, i una altra: l'aigua corre a mig pam per sota terra; és una cosa que sembla de màgia. Menys a la primavera, que la neu s'ha fos i hi ha aigua per l'amor de Déu, per sobre i per sota i a vegades el camí queda tallat i tot.

Els cavalls estaven bé. Feia dies que no havia vist els petits i vaig trobar que havien crescut moltíssim, tenien les potes llargues i primes i el pèl no tan de cotó fluix, però encara anaven amb el morro enganxat a les anques de la seva mare. Normalment els dies que pujo amb el meu pare estic content. Hi ha una cosa que em passa sempre, difícil d'explicar: allà dalt, tan amunt, amb tota la vall del Freser per un costat i la de Núria per l'altre, veient el poble tan petit a sota i l'alberg del santuari, i el Puigmal allà a tocar, tot tan extens, amb aquell cel tan i tan net que ensopeguem a vegades, em vénen moltes ganes de respirar fondo, de no pensar res, o de pensar moltes coses: és una sensació extraordinària de benestar que es repeteix sempre; torno a casa més tranquil, com nou. Doncs aquell dia va ser molt diferent. Amb l'altura passa un fenomen curiós que poca gent coneix: com que no hi ha gens de contaminació i l'aire és tan net, les distàncies semblen molt més curtes del que són. O sigui que tu dius: vaig fins allà, que és aquí mateix, i no hi acabes d'arribar mai més. O sigui que encara que no vulguis et fas un tip de caminar, i aquell dia, concretament, quan ja havíem vist tots els cavalls i els havíem fet pujar una mica, perquè anaven massa vall avall, tots dos estàvem francament cansats. Vam seure a sobre del caminet, força amunt, i vam començar a menjar. Vèiem els cavalls, unes vaques ajagudes, cotxes allà lluny que arribaven i grupets de gent que passaven pel camí de Núria a peu.

Vaig fer les últimes queixalades ajagut. Buscava algun núvol per seguir-lo i veure-hi formes, però en tot aquell pany de cel no n'hi havia ni un. I ja ho he dit: notava que era diferent de les altres vegades. Ja quan el meu pare el dia abans m'havia dit que havíem d'anar-hi vaig sentir com si l'estómac se'm girés: si hi anava no la veuria. Pel camí em vaig assossegar perquè de sempre aquella vista que es troba pujant m'adorm una mica. Però ara que estava tip, estirat, mirant amunt, i sentia el soroll de l'aigua i algun cop de batall petit de tant en tant, sabia que estava pansit. Hi havia alguna cosa que no m'havia atrevit a pensar fins llavors, com si en aquell escenari, en aquell ambient que era tan meu, em sentís més valent: em recordava de les tires de la seva camiseta cap avall i de la pell de l'esquena tota morena tret del tros de la punxada. Em recordava de les espatlles arrodonides i que jo li fregava el fang i si no hagués estat per la meva germana qui sap quanta estona m'hi hauria passat. I al final amb la mà neta li vaig eixugar tots els regalims que li havien baixat cap avall, i ella es va tornar a apujar les tires abans de girar-se. I em sembla que allò que més em feia patir era aquella seguretat amb què ella ho feia tot: els gestos, les mirades, la veu... una seguretat que a mi em feia sentir horrorosament insegur. Insegur i de pagès.

5

Teníem els cavalls a dalt, però les vaques no. Les vaques s'han de treure cada dia, nevi o plogui, diumenges i tot, i s'han de munyir també a les hores que ho demanen. A l'hivern, com que la meva germana i jo estudiem, a penes fem res del bestiar ni de casa, però a l'estiu és diferent. Ja l'any abans, algun dia, m'havia encarregat jo sol de treure les vaques, i era una cosa que feia sense gaire entusiasme però sense gaire nosa. I en canvi aquell dia, quan la meva mare em va dir que l'endemà les havia de treure jo perquè el meu pare havia d'anar a Ripoll, em va caure el món a sobre. No vaig dir res però vaig notar que em posava vermell i que el cor m'anava més a poc a poc del compte. Després, al llit, vaig voler pensar per què em venia tan a repèl de sortir amb les vaques i em vaig haver de confessar que em feia por —no por, no: terror— que ella em veiés. Vergonya. I de cop els de casa em van fer molta pena i jo també em vaig fer pena de tenir-los pena i em vaig adormir amb el cor ben rebregat.

Pero l'endemà vaig treure les vaques i ningú no em va veure. Les vaig portar al prat de l'ermita, que és més petit però és més a prop, i mentre elles menjaven, sense adonar-se de res que pogués passar-me, em vaig anar assossegant. Feia dos dies que no la veia i encara li havia de preguntar com tenia la picada. I no em podia distreure de pensar en la samarreta i en l'esquena tan morena. I a mesura d'anar-hi pensant l'estona no em passava i el rellotge sempre era allà mateix. No vaig tenir més espera i vaig tornar abans d'hora, i quan la meva mare em va veure que arribava no li va agradar gens i va dir que no s'hi valia a fer córrer les bèsties. Però jo ja em dutxava i em canviava de roba, i al cap de poc ja era a la plaça. I és ben bé que això que el poble sigui petit com un puny és un avantatge, perquè al cap d'un moment ella arribava, ben bé com si el cor m'ho hagués dit.

Portava uns pantalons curts, blancs, i una brusa amb maduixes dibuixades. Menjava un gelat de pal. Va venir de dret cap a mi, rient, i ella mateixa em va dir que la picada ja no li feia mal. O sigui que jo no vaig haver de dir res. I també va ser ella que em va dir que se n'anava amb els seus pares a comprar a Ribes. I em va mirar —i quan mirava no parpellejava gens, ni una vegada— i em va preguntar si a la nit sortiria. Li vaig dir que sí. «Vols que quedem?», em va preguntar. I vam quedar a dos quarts de deu allà mateix. No vam tenir temps de dir res més perquè la seva germana la va cridar i ella va arrencar a córrer fent unes gambades llargues i de seguida la vaig perdre de vista.

6

Estava francament emocionat. Em vaig tornar a dutxar perquè em sentia tot suat i em vaig enfadar molt perquè la camiseta que m'agradava més era per rentar i me'n vaig haver de posar una altra que no m'agradava tant. Però de seguida vam haver sopat, vam desparar la taula i vaig marxar. A un quart de deu era a la plaça: per no esperar-me allà vaig tirar carrer amunt, vaig arribar fins a l'església, vaig seure a les escales i vaig tornar a baixar. Un quart i cinc. Vaig tornar a fer el camí una altra vegada. Tornava a ser a la plaça, al davant de la fleca, que faltaven tres minuts per a l'hora.

El rellotge de l'Ajuntament va amb corda i quan es descuiden de donar-li corda no va. És una llàstima, perquè quan toca se sent de tot arreu: des del riu fins quasi a la Font del Coronel, i fa companyia. Doncs aquell dia anava: va tocar dues vegades i quan va haver tocat la vaig veure. Portava la mateixa brusa que a la tarda però ara s'havia posat uns texans llargs i un jersei blanc a sobre les espatlles. En aquell moment estava massa nerviós per trobar-la bonica. Va dir: «Vols que anem fins al Raig?», i ens vam posar a caminar de costat i vam fer tot el carrer sense dir ni una sola paraula. Quan travessàvem la plaça se'm va acudir que no sabia com es deia i li ho vaig preguntar. «Salut», i li ho vaig haver de fer repetir perquè em pensava que ho havia sentit malament. I jo li vaig dir com em deia i tot plegat em va semblar un començament molt dolent i molt ridícul. Vam seure al pedrís, just allà on l'abella l'havia picada. Sentíem l'aigua que queia i no dèiem res. De cop es van apagar la meitat dels fanals de la plaça i els que van quedar encesos feien una claror blava i pobra i a penes ens vèiem les cares. Em va dir que no tenia gens de por, al contrari, la foscor li agradava moltíssim. I va començar a parlar de moltes coses i de mica en mica em vaig anar sentint més bé.

Parlava molt. Se n'anava d'un tema a l'altre, explicava coses de gent que jo no coneixia... i jo a penes vaig dir res. De tota la conversa només recordo que va dir que aquí al poble anava amb una colla de nois i noies de Barcelona que havia conegut però que eren una mica avorrits i es passaven les hores mortes al Torreneules, i que ella tenia ganes de fer altres coses. A mi em va semblar una invitació, vaig fer el cor fort i li vaig proposar que anéssim al riu, si feia bo, l'endemà mateix. Va dir que sí, que li agradaria molt, i que ho diria als altres, que seríem una bona colla i que ens ho podíem passar molt bé. A mi, sincerament, això d'anar-hi en ramat no m'atreia gens, però sabia que era el preu per estar amb ella. Vam quedar l'endemà allà mateix a les tres, vam dir que hi aniríem tots amb bicicleta, que ens hi passaríem tota la tarda i tornaríem a l'hora de sopar. I de cop va dir que tenia fred: va enfilar primer una màniga i després l'altra, i amb el jersei mig posat no trobava el forat per treure el cap. La vaig ajudar i li vaig tocar els cabells.

Eren una mica humits, perquè feia estona que sèiem allà i allà al Raig sempre hi ha humitat, però els tenia fins com una cosa estranya. Varen tocar les onze. Vam caminar a poc a poc fins a la porta de casa seva: «Demà, a les tres, allà», va dir, i jo vaig fer que sí amb el cap. Vaig fer tres passos i vaig sentir la porta que es tancava; després vaig arrencar a córrer perquè feia tard.

7

Llavors jo ja feia temps que no resava —de fet, això de resar, a mi, em va durar molt poc— però aquella nit no em va fer cap vergonya de tornar-hi. Perquè el meu drama era haver quedat a les tres per anar al riu a passar-hi tota la tarda i no saber si a casa em necessitarien. Vaig demanar amb una fe que no sé d'on vaig treure que no hagués de fer res i que hi pogués anar. Que hi pogués anar sense problemes i sense que ningú no s'enfadés, perquè d'anar-hi, sabia que hi havia d'anar de totes totes.

Doncs això: abans d'adormir-me vinga demanar que no hagués de fer res i em vaig despertar a la nit un moment inquiet i vaig continuar demanant-ho i realment va fer efecte: al matí ho vaig dir a la meva mare i no li va agradar gaire però va dir que sí. I llavors la meva germana va sortir que ella també hi volia anar. Li vaig dir així de clar: «Tu no véns perquè ho dic jo, i si aquesta tarda t'acostes al Raig et trenco el coll». I va estar nyic-nyic tot el matí, anant-me al darrera i dient-me coses i fent-me llengots. De tant de patir per no saber fins l'última hora si hi podria anar em sentia tot cansat. Perquè encara hi havia una altra cosa: tenia por que a la tarda plogués. Feia bo, però el temps canviava en un obrir i tancar d'ulls i semblava que no em fos amic perquè moltes vegades que havia de fer coses i necessitava un temps determinat feia just ben bé el contrari. Però no, finalment van ser tres quarts de tres i feia molt de sol i jo al cap d'un moment havia d'estar amb ella i trobava que tenia tanta i tanta sort que quasi no m'ho podia creure.

Me'ls va anar presentant un per un. Cinc: tres nois i dues noies, a part de nosaltres dos. Bona gent. Una mica massa tibats els primers moments —les nenes, sobretot— i una mica massa vestits de botiga, però bona gent. Ara, de seguida vaig veure que les bicicletes que portaven —tots, absolutament tots— eren molt millors que la meva, i la primera cosa que em va passar pel cap van ser les tardes de feina netejant-la i cargolant els cargols, i em vaig sentir una mica ridícul. Però només un moment: per molt bona que sigui la màquina, si un hi va acovardit de poc serveix. Perquè era això: van baixar tots la carretera amb les mans als frens, amb cara de patir, perquè la baixada és forta. Vaig mantenir el seu pas per no fer-los un tort, i sort que de seguida vam ser al trencant: la carretera baixa fins a Ribes a la dreta, i a l'esquerra hi ha el Freser, i tot al llarg del riu hi ha un camí de pedres estret que puja. Vam pedalar fins a la primera gorga, vam deixar les bicicletes ajagudes al marge i vam baixar fins a l'aigua. Van quedar encantats: tothom em felicitava per l'encert que havia tingut de portar-los allà, i jo vaig voler treure-hi importància i els vaig dir que un altre dia aniríem a l'altra, que és més amunt, que és més fonda, però que l'aigua també és molt més freda.

Tothom es va anar traient la roba a sobre de les roques i al cap d'un moment només jo estava vestit. Però és que de sempre, això de despullar-me, ni que sigui per quedar-me en banyador, em fa una angúnia. Vaig ser feliç, recordo, quan la meva mare em va deixar que anés per sempre més amb pantalons llargs. La veritat és que les meves cames no són cap cosa, més aviat em sembla que són massa primes i massa llargues, poc harmòniques, i els genolls em surten violentament punxeguts cap endavant. Vaig esperar romancejant que tots s'haguessin tret els pantalons, vaig mirar les cames dels nois, vaig veure que no eren pas tan diferents de les meves i em vaig decidir. Les de les noies eren tota una altra cosa.

L'aigua del riu és freda. La gent gran la troba horrorosament gelada; els joves només la trobem freda. Sempre n'és, de freda, però encara més quan no ha fet bo, quan no fa tant que la neu s'ha fos, quan el dia abans ha plogut. Poses un peu i primer no sents res, al cap d'un moment sents unes punxades doloroses, al cap d'una mica més no sents res, no notes ni la fredor ni el peu, com si te l'haguessin tallat. Tots es van anar acostant a l'aigua i la provaven amb els dits o amb el taló: els nois aixecaven els peus, renegaven i reien; les noies xisclaven i sortien de l'aigua fent saltets. No hi havia ningú que semblés disposat a tirar-s'hi.

No m'ha agradat mai presumir, ni exhibir-me, ni fer el fatxenda. No sé què em va passar: normalment sóc molt tímid. Suposo que va ser veure que tots s'havien assegut a sobre de les tovalloles, a tocar dels arbres, entre sol i ombra, i parlaven i feien broma, i jo sabia que quedava una mica a part. I suposo que va ser, sobretot, veure-la a ella en aquell grup i saber que era d'aquella gent i que era molt més fàcil que anés amb ells que no pas amb mi. I em sembla que el seu banyador també va fer que m'acabés de decidir: era groc, d'una sola peça, sense cap dibuix, molt obert de pertot: de les cuixes, de l'esquena i de l'escot rodó del davant. La vaig mirar i la vaig trobar preciosa, amb aquell color groc tan pàl·lid a sobre de la pell morena i amb aquells cabells de patge tan i tan negres. Tot barrejat, doncs: ella, els nois, i jo que m'hi sentia fora. Vaig pujar per les pedres, descalç, i vaig donar tota la volta a la gorga, sense que ningú se n'adonés. Vaig pujar un tros de muntanya i em vaig asseure: des d'allà dalt es veia l'aigua quieta, absolutament transparent, i es veien les roques i la sorra. Ells encara seien al mateix lloc. Vaig escoltar un moment el soroll de l'aigua que queia una mica més endalt i després vaig fixar-me atentament en el fons. La gorga és quasi rodona però molt irregular: tan aviat fas peu com a sota teu hi ha molta fondària. O sigui que havia d'apuntar bé si no volia sortir amb la cara com un mapa o no sortir. Perquè el que volia era tirar-me des d'allà, de cap, per demostrar no sé ben bé què a no sé qui.

Vaig xiular i tots varen mirar-me. Em vaig posar dret, vaig inspirar i em vaig tirar. Primer les mans i el cap, després les espatlles, el ventre, les cuixes... en un moment l'aigua m'embolicava tot, m'estrenyia i em feia mal. No vaig obrir els ulls fins que vaig ser del tot a dins; tenia les mans obertes i amb els palmells vaig tocar a terra. Després vaig pujar una mica i vaig nedar per sota l'aigua fins a anar a sortir quasi on eren ells. Tothom bocabadat, tothom felicitant-me. I ella es va aixecar i em va donar la seva tovallola perquè m'eixugués: era una tovallola enorme, flongíssima. Em vaig asseure i vaig dir —mentida podrida— que l'aigua no era pas tan freda. Ella va venir a seure al meu costat: just això era el que volia i vaig pensar que la meva proesa bé havia valgut la pena. Perquè la veritat és que a mi, tirar-me de cap de tan amunt m'havia fet sempre més aviat respecte. I no vaig dir res però començava a tenir mal de cap i ni posant-me al sol no hi havia manera de treure'm el fred de sobre.

Vam tornar abans d'hora perquè el cel es va tapar i semblava que havia de ploure. No es va banyar ningú: tots van tornar eixuts i tan tranquils, i jo una mica excitat, no sé si per la banyada o perquè ella no se'm va separar en tota l'estona del costat. Vam agafar les bicicletes, vam enfilar el camí i vam anar a sortir a la carretera. Pedalàvem tots, fort, amunt, l'un darrere l'altre, amb un bon ritme. I a la capella ella va dir que no podia més. Exactament igual que la meva germana: que no podia més i que acabaria de pujar a peu. Em vaig sentir decebut i a més a més em va saber greu haver-la menyspreat tant; devia ser, vaig pensar, que totes les noies feien igual, i a partir de llavors la meva germana la vaig veure més gran i quan parlava fins i tot em sembla que me l'escoltava amb més atenció. Però això: jo també vaig haver de baixar i tots dos vam arribar al poble els últims, perquè ella anava a pas de puça i a més com que parlava de tant en tant s'havia de parar a agafar l'alè. Però aquestes coses les veig ara, només. Llavors sé que estava a la glòria: ella era allà amb mi, estàvem sols i a més m'acabava de preguntar si l'endemà a la tarda hi tornaríem. I a mi saber que m'esperaria i que tornaria a estar al seu costat m'esborrava automàticament totes les altres coses.

8

L'endemà vaig baixar a Ribes i vaig trobar la Carme. Tenia una llista de coses per fer i semblava mentida que de moment tot em sortís tan bé: a les botigues no hi havia gaire gent, em despatxaven de seguida i tots els paquets que portava eren petits i em cabien a la bossa d'esport que havia agafat. Pensava que em sobraria temps —volia agafar el cremallera de la una— per anar a fer una partida a la màquina nova del bar. Ja quasi estava: només havia d'anar a buscar uns pantalons de la meva germana i a pagar una factura a cal lampista. La botiga dels pantalons és davant per davant de la plaça: surto i me la trobo que ve de dret cap a mi des d'un dels bancs de pedra. Em vaig quedar gelat. Em vaig sentir atrapat, trobat en falta.

Perquè la Carme és una noia que ha estudiat sempre amb mi; és de Ribes, molt simpàtica, molt intel·ligent, molt i molt trempada. És la noia amb qui sempre m'he entès més bé, fins i tot més bé que amb els nois. M'ha ajudat moltes vegades a fer treballs i a estudiar per a algun examen. És aquella amiga que sempre hi és, que sempre saps que si la necessites la trobaràs. I a més, ens hem agradat tots dos des de sempre, des que érem petits; per això aquella barreja de sensacions que vaig tenir quan la vaig veure em va saber tan de greu, perquè de veritat que no s'ho mereixia gens.

I ella venia de dret cap a mi, de pressa, contenta de veure'm, amb un somriure que li anava d'orella a orella i els ulls tan alegres. Em va dir que ahir havia arribat de colònies i que avui pensava trucar-me perquè baixés i anéssim junts a la piscina o al cine. Jo estava tot encongit. De cop amb ella havia canviat tot, i ella, com que no ho sabia, es mostrava com sempre, franca i oberta, com una bona amiga. Em sentia violent com mai: ella volia que li digués quin dia baixaria i jo no m'atrevia a dir-li que no volia baixar perquè aquest estiu al poble hi tenia algú. No em vaig atrevir. Vaig dir una mitja excusa difícil de creure, vaig mirar el rellotge, vaig dir que era tard i que li trucaria. La vaig deixar quasi plantada, a sota els plàtans de la plaça, sorpresa, amb cara de no entendre-hi res. Vaig enfilar el carrer per anar a l'estació molt de pressa, com si la vergonya m'empenyés per darrere. Em vaig descuidar de pagar la factura.

9

La tarda del dia que vaig anar a Ribes i vaig trobar la Carme no va fer bo. A primera hora va ploure una mica —quatre gotes, però just perquè als de la colla no els deixessin baixar al riu— i després el sol va tornar a sortir tot enteranyinat. Vaig trobar la Salut al mirador de l'Ajuntament amb la seva germana, avorrides, amb cara de no saber què fer. No hi havia ningú més: vaig pensar que aquell era el moment per dir-li si volia venir amb mi a veure la cabanya. Va dir que sí, va dir a la seva germana que se n'anés a casa i nosaltres dos vam marxar de pressa perquè ningú no se'ns enganxés.

La cabanya era rierol amunt, força després de la Font del Coronel, una mica abans d'arribar a les coves petites. Vam caminar de pressa fins a l'església, vam seguir el camí petit arran de les cases i quan vam ser al camí ample vam alentir el pas. Anàvem de costat. Ella caminava una mica a batzegades i cada dues passes ens tocàvem les espatlles i les mans. No sé si ho feia exprés, perquè estava molt tranquil·la, i en canvi cada vegada que el seu cos em fregava a mi em venia un calfred a l'espinada. Vam passar per sota la capella antiga però no hi vam pujar perquè hi ha tot d'esbarzers molt i molt alts i ella duia una altra vegada aquells pantalons curts blancs i vaig pensar que li quedarien les cames fetes una pena. De tant en tant li preguntava si ho trobava lluny. De fet no ho és pas gens, de lluny, però després d'allò de la bicicleta vaig pensar que valia més preguntar-li que no pas que a mig camí es cansés de caminar i volgués tornar enrere. Perquè llavors sí que m'hauria sabut greu, perquè per a mi era molt important, anar a la cabanya amb ella, per dues coses. Primer, per la cabanya; segon, per ella. La cabanya feia tres estius que la teníem, en Ramon i jo, en un lloc amagadíssim, riu amunt, al costat d'una petita platgeta de sorra que hi ha en un punt on el riu s'eixampla i l'aigua està quasi quieta del tot. El xassís era de fusta gruixuda i havia aguantat tot aquest temps. Si plovia molt la despullàvem i la tornàvem a vestir amb troncs prims, cordill, filferro i fulles. Hi podien caber, amb les cames arronsades, tres nois, però mai no hi havia entrat ningú més, perquè era el nostre secret. A vegades hi anàvem junts, a vegades cadascun pel seu cantó, i jo quasi m'ho estimava més. Vaig anar a la cabanya, d'un dia per l'altre, durant aquells dos anys, i m'hi estava hores, mirant els remolins que fa l'aigua quan cau d'una roca a l'altra. L'entrada era encarada al riu, i si no volia mirar l'aigua deslligava el sac que teníem penjat a la porta i quedava tancat a dintre. Assegut a terra, amb les cames encreuades, mirava la claror que passava per les escletxes dels troncs i les fulles i a vegades sentia veus de gent que passaven pel camí, a dalt, que devien anar a les coves, però la cabanya era prou amagada perquè mai ningú no la pogués veure. M'hi havia passat moltes hores, sol, pensant coses, o llegint, o no fent res més que mirar l'aigua i escoltar aquell soroll que no s'acaba mai. Si algun dia estava trist i anava a la cabanya, quan en tornava ja no ho estava tant; si pensava i somniava coses impossibles, quan en tornava era una mica com si aquella estona d'estar allà tot sol s'haguessin acomplert. I per això era important, per això havia dubtat molt abans de decidir-me a ensenyar-li el nostre secret. Per això i perquè sabia que trencava el jurament que havíem fet en Ramon i jo de no dir-ho ni portar-hi ningú, mai. I a pesar de saber que feia mal fet estava content, perquè per a mi era com una prova d'amor que em feia a mi mateix: era la meva manera de dir-me i de dir-li que l'estimava de veritat.

Doncs això: després de la Font del Coronel el camí tota l'estona passa per l'ombra i el terra és fangós perquè l'aigua no s'eixuga. Va dir que tenia fresca i no tenia res per deixar-li perquè s'abrigués. Vam caminar més de pressa fins que el camí gira i és més assolellat; miràvem el riu i els prats pentinats cap a costats diferents que hi baixen. De seguida hi vam ser: quan s'arriba al revolt de les falgueres ja s'hi és: allà el camí puja una mica, el riu passa més avall i el marge és ben dret. Vam baixar a poc a poc, jo al davant i ella quasi asseguda, amb les mans a terra, mirant bé on posava ara un peu ara l'altre. A baix de tot li vaig donar la mà, va fer un salt i ja hi vam ser.

La cabanya era a l'altre costat del riu, però hi havia tot de pedres grosses i no ens havíem de descalçar per travessar-lo. Va quedar parada. Hi va entrar i va treure el cap i va mirar-ho tot. Va dir que la trobava fantàstica. «Entra», va dir, i ens vam estar una estona junts, asseguts. Quan vam començar a tenir calor vam sortir fora i ens vam asseure amb els peus tocant a l'aigua. No dèiem res, tiràvem pedres petites i miràvem de tocar una roca blanca que sortia molt al mig del riu. Sèiem tan junts que ens tocàvem les cames i les espatlles i els braços. I de cop ella va deixar d'apuntar a la roca i es va quedar parada, mirant els arbres del marge que teníem al davant. Ben quieta. Li vaig preguntar què pensava, tan quieta i tan callada, tanta estona. I va dir: «Pensava que volia preguntar-te si aquest estiu vols sortir amb mi». Li vaig dir que sí sense mirar-la. I ella de seguida se'm va arrepenjar als genolls, se'm va acostar i em va començar a fer petons. Tota la cara, pel front, pel nas. A poc a poc, com si s'hi adormís: li sentia l'alè i tenia la pell de gallina. I per les galtes i per la barba. I després em va passar el fred i em vaig sentir vermell i tot suat, i amb les mans encara aguantava fort les pedres que no havia tirat a l'aigua. I al final em va fer un petó a la boca. Només un, a la boca, molt llarg. Després va posar el cap a sobre la meva espatlla i jo li vaig posar la mà a sobre el cap i la hi anava passant pels cabells. Ben a poc a poc perquè no es trenqués l'encant, perquè em semblava que no podia ser, que no podia haver passat el que havia passat. Vam estar així una estona fins que a tots dos ens va començar a fer mal el cul de tant de seure a les pedres i vam dir que valia més que tornéssim. Però abans de marxar li vaig explicar tot això de la cabanya, del pacte amb en Ramon i de la importància que tenia per a mi que mai ningú més no ho sabés, que mai no ho digués a ningú ni hi portés cap altra més persona. Li vaig fer jurar que no ho diria i em va dir que sí, que no en parlaria mai a ningú, que ella també compartiria el nostre secret. I de la manera que ho va dir vaig estar tranquil. Després ens en vam anar i em recordo que tot el camí la mirava de reüll i sabia que havia de dir alguna cosa però no se m'acudia el què: només pensava que ningú no m'havia fet mai petons d'aquella manera. Vam arribar al poble que fosquejava.

10

A partir de llavors tot va ser diferent. Ja no havia de donar voltes i voltes pel poble com un estaquirot per mirar si la veia. Ara quedàvem. Vam dir que de tant en tant sortiríem amb la colla, perquè els seus pares no s'enfadessin si veien que sempre anàvem sols. Vam anar al riu un parell de vegades i un altre dia vam tornar a la cabanya sols. Jo sabia que anar a la cabanya volia dir fer-nos petons i em sentia tan inquiet que em semblava que tothom m'ho havia de veure. I pel camí li vaig voler agafar la mà. La tenia suada —jo, la tenia suada: quan em poso nerviós sempre em suen les mans—. Li vaig agafar la mà i vam caminar una estona així, junts, sense dir res. I de cop ella es va deixar anar, es va ajupir per collir una flor groga. Uns metres més amunt la hi vaig tornar a agafar, i s'ho va deixar fer i tampoc no va dir res. I al cap de poc em va assenyalar una roca de l'altre cantó del riu que tenia una forma molt curiosa i evidentment ho va fer amb la mà que jo li tenia. I per tercera vegada vaig fer el cor fort i la vaig tornar a agafar, i encara una altra vegada em va deixar amb el braç penjant... Es va deixar anar i em mirava i els ulls li reien i simplement esperava que la hi tornés a agafar. Vaig arribar a la cabanya desfet.

Aquell dia ens vam banyar. Jo duia el banyador a sota els pantalons; ella no. Ella va dir que volia banyar-se i es va treure les bambes, els mitjons, els pantalons, i es va quedar amb aquella camiseta ampla de les maduixes. Ben pensat, era igual que anés amb calces que amb banyador, però a mi m'atabalava: tenia por que algú ens veiés, tot i que sabia que era impossible que allà hi vingués ningú. La veritat, però, és que estava preciosa i que cada vegada m'agradava més. Es va nuar la camiseta a la cintura per no mullar-se-la i va començar a anar amunt i avall a dintre l'aigua, aixecant molt les cames i esquitxant-me. I de cop va comptar fins a tres i es va tirar de cap al lloc més fondo. Jo me la mirava des de la sorra i la primera cosa que em va passar pel cap va ser que era com una pel·lícula que havia vist: la noia sortia de l'aigua amb la samarreta xopa enganxada al cos i els pits sortint-li. I va ser així. Tenia els pits punxeguts, i em va semblar veure-li els mugrons. Sense dir res, també em vaig tirar a l'aigua, vaig fer quatre braçades sense esforçar-m'hi gens i vam anar a estirar-nos al sol. Ella es va passar tota l'estona parlant de les coses que feia els altres estius que havia estat a la Platja d'Aro, en un apartament arran de mar; aquell dia no va passar res.

11

Havent sopat ens trobàvem a sota casa seva, compràvem un gelat i ens el menjàvem a la plaça del Raig. Sèiem al pedrís, al nostre lloc de sempre. Al cap de poc de ser-hi, cada nit, els llums s'apagaven i els pocs que quedaven feien poca claror. Parlàvem en veu baixa. Ella, sobretot, parlava de Barcelona, del seu Institut, dels seus amics... Li havien suspès tres assignatures i no vaig veure que estudiés cap dia. Em va dir que volia ser model, que li interessaven la dansa i la música, i els idiomes, i res més. Això de ser model ho vaig trobar molt lluny, molt estrany, molt poc del meu aire, però la vaig mirar i vaig pensar que tota ella —les cuixes tan llargues, els pits que li havia endevinat, la cintura petita, el coll estret—, tota, ja semblava feta exprés per a ser contemplada i admirada. I vaig sentir a dintre un desassossec, un malestar estrany que suposo que era gelosia. Volia ser model. «I tu què?» Jo li vaig dir que volia seguir amb el bestiar, quedar-me al poble i tirar endavant la casa. Vaig dir: «Vull», però encara ara no sé ben bé si ho vull perquè ho vull o perquè en el fons penso que, si jo me'n vaig, què se'n farà, dels cavalls, de l'hort petit, de les vaques i de tot. Però ella ho tenia molt clar: model, i amb aquells cabells negres tan estirats estava segur que ho seria, i que seria la millor i que tothom se la disputaria. Sèiem cada nit allà a la fosca i jo escoltava. Quan feia una estona que hi érem li passava la mà per l'espatlla i l'estrenyia una mica, i ella posava una cama a sobre la meva i jo sentia la seva escalfor a través de la roba dels pantalons. Quan faltava poc per l'hora de marxar ens fèiem petons. Em sembla que era sempre ella que començava: tenia els llavis molt plens de carn, molt calents, i a vegades jo no podia resistir la temptació de mossegar-li fluix el de sota. La part de dintre els llavis és molla i jo fins que no ho vaig provar amb ella no m'hi havia fixat mai.

Una d'aquelles nits va parlar dels seus pares. El seu pare no era el seu pare; és a dir, aquell senyor que era al poble amb elles no era pas el seu pare, era el marit de la seva mare. El seu pare vivia amb una dona que tenia tres nens i es veu que aviat es casarien, i ella anava a casa seva tan poc com podia, perquè aquells nens no li agradaven gens. Aquella nit la vaig trobar molt més seriosa, sense gens de ganes de riure. Em va fer pena, sobretot, això que cada vegada que anés a veure el seu pare hagués d'estar amb aquells tres nens que no coneixia de res. Quan vaig tornar a casa, aquell vespre, vaig veure els meus pares que quasi ja se n'anaven a dormir i vaig pensar per un moment què passaria si se separaven i amb quin dels dos m'hauria de quedar a viure, i si es tornaven a casar o a ajuntar, com serien els altres dos nous. I em va semblar que havia de ser molt empipador haver de conviure amb algú que no coneixes de res només perquè el teu pare o la teva mare se n'ha enamorat de cop. I me'n vaig anar a dormir pensant-hi i no hi veia cap solució: l'única solució era que no se separessin i vaig pensar que realment era veritat que els meus pares semblava que sí que s'estimaven i que estaven molt junts i que poques vegades es feien crits i que tant de bo durés així. I vaig pensar també que aquella nit, parlant de tot això, com que ella s'havia quedat d'aquella manera trista ni ens havíem fet cap petó. I vaig pensar que sobretot havia de procurar que l'endemà parléssim d'altres coses.

12

Al cap d'un parell de dies la vaca rossa va vedellar. La nit abans ja l'havíem apartada i la teníem tancada al darrere la casa, tota sola. Li va néixer un vedell preciós, tot marró clar, sense ni una taca de diferent color en tot el cos. Quan la meva mare m'ho va dir vaig pensar que a ella li agradaria de veure-ho i la vaig anar a buscar. Va venir corrents amb la seva germana, i ens vam asseure tots quatre —la meva germana també— a mirar la mare i el vedell des de sobre uns tions. El petit era a terra i tenia les quatre potes doblegades a sota seu. La mare el llepava. Feia poc que li havia sortit el fill i en canvi ja no feia res més que llepar-lo i llepar-lo: les bèsties són una cosa extraordinària. Vam estar-nos allà cap a una hora, esperant que el vedell s'aixequés: ho va intentar moltes vegades però les potes no li eren prou fortes i sempre tornava a quedar amorrat a terra. Feia pena.

Li vaig dir si volia que li ensenyés l'hort i hi estava tota interessada. «Saps què és?», li vaig preguntar, i em va dir que no, i a mi se m'escapava el riure perquè eren mongeteres i les mongetes s'hi veien de tres hores lluny. I al costat hi havia patates, i igual, i tomàquets petits, i tampoc no ho va conèixer; es va disculpar dient que no hi entenia i em va semblar que s'havia quedat una mica fumuda. Li vaig dir que els ensenyaria les golfes: vam pujar l'escala a poc a poc perquè no hi ha cap llum i quan vam ser a dalt vaig anar directament a obrir les finestres i de seguida ens hi vam veure. A les golfes no hi ha res, rates i andròmines i quilos de pols, però a mi m'agraden molt i de tant en tant hi pujo i remeno coses. Els vaig ensenyar un cap arnat de porc senglar que fa mitja por, unes quantes escopetes rovellades i joguines de quan érem petits. I quan ja ho havíem vist tot els vaig dir que aniríem a veure els conills i la seva germana estava entusiasmada.

Al final del pati, al costat de la porta, hi ha una filera de gàbies a sota d'un cobert. La meva mare hi cria conills, sobretot per menjar nosaltres; de tant en tant en ven algun. Aquell dia en tenia deu o dotze: vaig obrir la gàbia dels que s'espantaven menys i es deixaven agafar i elles els varen aguantar una estona. A ella li vaig donar un conill tot blanc i se'l va acostar a la cara i els seus cabells a sobre el pèl aquell tan blanc feien un efecte estranyíssim. Em va dir que no sabia que fossin tan i tan suaus ni que oloressin tan de pressa i tan seguit. I abans de marxar vam tornar a anar a veure el vedell: ara ja s'aguantava amb les potes del darrera, però les del davant encara li feien figa. Li vaig dir que tornessin l'endemà i que podrien tocar-lo, i varen dir que sí. Tota l'estona les dues nenes havien estat juntes i semblava que s'havien fet amigues.

13

Els dissabtes hi ha mercat a Ribes, a la plaça, i hi va tota la gent dels pobles del voltant. Els seus pares hi anaven i ella em va dir que els acompanyés i jo m'hi vaig apuntar de seguida. Hi havia molta gent: vam deixar el cotxe al carrer de la llibreria i vam baixar a peu fins a la plaça. De cop se'm va acudir que trobaria la Carme, que no li havia trucada i que segur que devia estar molt enfadada amb mi. Se'm van passar les ganes de riure. Allà a la plaça hi vam passar una eternitat de temps i a sobre em va tocar portar un cabàs que qui sap com pesava i em vaig començar a penedir d'haver-hi anat. Quan vam tenir el cotxe ple vam anar a esmorzar i després vam entrar a la farmàcia. La seva mare va dir que era l'última cosa que havia de fer: estava plena de gom a gom.

Ens vam quedar a la part del final, mirant les ulleres de sol, ben bé al costat de la porta. Al cap d'un minut va entrar la Carme. Per un moment em va semblar que no m'havia vist: em vaig girar i com que allà mateix hi tenia la bàscula hi vaig pujar com si volgués pesar-me. No havia tingut temps de treure'm cap moneda de la butxaca que ella ja m'agafava pel braç, somrient. Vaig fer veure que estava sorprès d'haver-la trobat però em sembla que em va sortir tan malament que la veu em tremolava i tot. Vam sortir a fora perquè allà quasi no hi cabíem, i quan encara no havíem dit res la Salut se'm va posar al costat —quasi a sobre— i se la va quedar mirant fixament, com si la volgués xuclar amb els ulls. I somreia d'un manera estranya, no sé explicar com però era una mica com si se'n burlés. Les vaig presentar i tot va quedar molt fred i la Carme em va mirar als ulls per preguntar-me què em passava i jo no li vaig poder aguantar la mirada. Sort que en aquell moment van sortir tots de la farmàcia i ens en vam anar. Tornant sentia un pes a dintre meu i sé que era la consciència que se'm menjava a queixalades.

14

Les tardes que plovia eren llarguíssimes i avorrides. Es feien insuportables, sobretot, perquè quan plovia no podíem anar a la cabanya i la cabanya s'havia convertit en el nostre refugi i el nostre secret, el nostre lloc per estar sols. Quan plovia miràvem la televisió, alguna mare ens feia xocolata desfeta, jugàvem a les màquines i al billar... però sempre voltats de gent. I a mi quan plovia, quan el cel s'anava quedant gris i les primeres gotes llepaven els vidres i se sentia algun tro, tenia més ganes que mai d'estar amb ella sols, d'abraçar-la i de fer-li petons. Quan plovia tot era més dolç, més lent: l'aigua queia a poc a poc, amb mandra, i baixava pels carrers i els netejava sense violència. Quan plovia em semblava que ella —el seu cos, sobretot, però també el seu dins— perdia una part d'aquell posat tan segur, una mica agre, que a mi m'acovardia. Una d'aquestes tardes, quan va amainar una mica, vam anar al cementiri. Fosquejava: vam fer córrer el forrellat, ple de rovell, i ja vam ser a dins. Tot xop, tot enfangat. Vam mirar els noms de les làpides, vam anar llegint un per un els noms dels morts. Hi ha tot de làpides iguals de nois i noies joves que han mort a la muntanya: tot de làpides blanques i fredes. Ja no plovia però de tant en tant queien unes quantes gotes seguides que regalimaven de les fulles dels arbres. I ella de cop es va acostar al mur i va dir: «Parla'm dels morts aquests». I estava preciosa. Mirava cap avall, perquè des del mur es veu el riu i la carretera i la via del cremallera, com tres camins paral·lels que arriben fins a Ribes. Estava preciosa, i trista. A mi m'agradava més així, seriosa, amb una mica de tristesa, que no pas quan reia i feia bromes: em semblava que era més meva, que em necessitava una mica, que se m'assemblava més.

Doncs això: «Parla'm dels morts aquests», i volia dir dels morts de les làpides blanques, les noves, els morts joves que tenien pocs anys més que nosaltres. Li vaig explicar tot el que en sabia: es moren perquè es perden i es gelen, o troben una allau de neu, o es despenyen... No van preparats: fins i tot n'hi ha que els han trobat amb xiruques. Es gelen. Moren gelats. Després els busquen i els troben, i com que n'hi ha molts que són de molt lluny els enterren aquí i a l'enterrament hi ha poca gent. I li vaig explicar que vaig veure una noia. Encara ara la veig, i això que només va ser un moment: vaig veure com baixaven dues lliteres del cremallera i les van deixar a terra. Hi havia molta gent: guàrdies civils i muntanyencs que feia dies que els buscaven. A tots se'ls veia cansats i abatuts. Les lliteres anaven tapades amb unes lones: feia vent i una va quedar un moment destapada. Era una noia. La vaig veure d'una mica lluny però em va fer una angúnia horrorosa. No sabia com explicar-li la sensació de fred que vaig tenir: la noia tenia els cabells molls, molt foscos, enganxats a la cara, i els trossos de pell que se li veien eren d'un to blau. No semblava de veritat, era com un d'aquells morts d'una pel·lícula. I era molt jove. Durant temps i temps, a la nit, només de tancar els ulls, veia la lona que s'aixecava i la cara blava de la noia, i tenia por.

M'escoltava sense dir res i em va semblar que m'entenia. Em va preguntar si la mort em feia por. No vaig saber què dir-li: no hi havia pensat mai gaire, en la mort; la veia d'una manera molt natural, em sembla: es van morir els meus avis perquè eren vells, es moren les bèsties quan estan malaltes. Em va dir que ella passava temporades que hi pensava molt i que a vegades li venia una angoixa molt profunda. Em va semblar que estava a punt de plorar. En aquell moment es va posar a ploure fort una altra vegada i vam haver de fer una correguda fins a sota el porxo de l'església. Ara els llavis ja li reien una mica. Vam anar abraçats fins a casa seva, i aquell vespre la vaig besar jo.

15

Va arribar Sant Jaume i per Sant Jaume és la festa. Vam ajudar a posar banderes de papers a tot el carrer, i testos de flors a les portes i una pancarta a la plaça del Raig que deia «Benvinguts». El ball i el concert es fan a la plaça de l'Ajuntament. El concert, a la tarda, i després sempre hi ha sardanes. Era molt bonic, tanta gent ballant que quasi no hi cabien i van haver de fer una sardana a dintre l'altra. Jo m'ho mirava assegut a la barana del mirador. La mirava a ella, perquè ella sí que en sabia, de ballar sardanes. Les va ballar totes i jo la vaig esperar pacientment. I entre sardana i sardana en comptes de venir allà on jo era es quedava amb un senyor gran i geperut que portava un caliquenyo tot salivat a la boca i no se'l treia ni per parlar, i es veu que li ensenyava de comptar-les. I és que era això, el que em desconcertava d'ella i em feia patir: mai no sabia si em volia o em volia lluny, si tenia ganes d'estar amb mi o si li feia nosa, si jo li agradava o no li agradava gens. I jo sempre acabava fent el mateix: seguir-la d'un tros lluny, esperar-la, ferli veure tímidament que era allà. És a dir: jo sempre hi era i ella venia quan li venia bé. Ara ho veig bé, ho entenc bé: llavors només ho intuïa i aquestes intuïcions solen fer sempre molt de mal.

Després de les sardanes hi va haver jocs infantils i la seva germana i la meva van provar d'afaitar globus i se'ls van rebentar de seguida. Van fer carreres de sacs i varen trencar l'olla i semblava que s'ho passaven molt bé; els vam mirar una estona i després vam agafar les bicicletes i vam anar a l'estació a veure passar trens. Estàvem contents. A la nit hi havia ball, em va dir que ballaríem junts i el cor se'm va eixamplar. El ball comença sempre tardíssim, quan els músics ja han sopat i ressopat i em recordo que estava tot neguitós perquè l'hora no acabava d'arribar mai.

Al final vam entrar. Sense pagar, vull dir, perquè feia molta estona que ens estàvem a fora del tancat de canyes demanant al porter que no ens fes pagar l'entrada, i ell deia que no podia ser i nosaltres que sí, i al final es va cansar de tenir-nos allà tots a sobre seu sense moure'ns i ens va deixar passar. I primer tots els ràpids, i a mi ballar tot sol em fa vergonya perquè em fa l'efecte que no en sé. Ja sé que tothom balla com vol, però jo sé que no tinc gràcia. I ella sí. Vaig pensar que si volia ser model era lògic que ballés bé, perquè aquestes coses van lligades. Es movia molt, tota ella, una mica com si s'hagués de trencar, amb els ulls tancats, com si no hi fos del tot. Em recordo molt bé de com es movia. I em recordo —com si em veiés— a mi mirant-la i intentant mantenir el ritme. Devia estar ridícul. I sort que van posar els lents. Tot ple com un ou, i empentes i trepitjades. «Hi ha massa gent», va dir, i jo vaig dir que sí, que hi havia massa gent, que la pista era massa petita i que no s'hi estava bé. I em va agafar de la mà i vam sortir del tancat apartant la gent: es va posar a córrer carrer amunt i jo al darrere seu. Es va parar al mig de l'esplanada del davant de l'església i va dir «Ballem?». I vam ballar, i era com si tinguéssim els músics allà mateix perquè el so pujava. I estàvem abraçats i a mi em va venir com una cosa que em va fer estrènyer-la fort, ben fort, com si no l'hagués de deixar anar mai més. Després la vaig mirar, i tenia els ulls lluents i els llavis li brillaven perquè em sembla que se'ls havia pintat. I ens vam acostar més i ballàvem amb els llavis junts i de tant en tant ens separàvem per respirar fondo i tornàvem a ajuntar els llavis. Mai no m'havia sentit d'aquella manera, i ella em sembla que tampoc. «M'agrades molt —em deia— m'agrades molt.» Vaig deixar d'abraçar-la tan fort, li vaig treure la samarreta de dintre dels texans i vaig posar la mà a sota. A l'esquena. La pell era magnífica, diferent, tan suau que feia venir esgarrifances. Sabia que no podia parar: vaig sospirar i vaig tancar els ulls. Vaig passar la mà al davant, li vaig tocar l'estómac amb la punta dels dits i després la vaig pujar molt a poc a poc fins al pit. Feia estona que no ballàvem, estàvem quiets i no dèiem res. Ella va fer un soroll estrany, semblant al que fan els gats quan estan calents i són feliços, i encara se'm va acostar una mica més. Estàvem tan junts que no podíem estar-ho més, i em va semblar que li agradava. La vaig tocar molta més estona i era tan dolç que em semblava que podia adormir-m'hi: era meravellós, calent, i dur, i flonjo. I no n'hauria tingut mai prou, fins que vam sentir que s'acostava gent i ens vam separar bruscament i ens vam mirar i no teníem gaire bon aspecte: ella amb els llavis molt vermells i la samarreta treta i rebregada, i jo em sembla que molt despentinat i vermell, amb una cosa dintre que em cremava i em feia tremolar les cames. Eren dos quarts de quatre i jo havia de ser a casa a dos quarts de tres. Vam córrer, desmanegats, com si aquella correguda ens hagués de salvar de tot.

16

La meva mare m'esperava al menjador amb una cara molt llarga. Ja ho sé de sempre: no s'adorm si no som tots a casa i pot passar la balda. M'hauria volgut fondre: estava asseguda a la cadira baixa amb el rellotge ben posat a la falda, entre les mans, per veure'l bé. No em va dir res: va mirar el rellotge, em va mirar a mi, i va dir: «Que sigui l'última vegada». M'hauria estimat més que hagués cridat, que m'hagués renyat o que m'hagués castigat que no pas aquell silenci i aquells ulls tan freds i indiferents. Va pujar cap a dalt sense dir-me bona nit. No sé quant devia fer que dormia —a mi em va semblar que m'acabava de posar al llit— i el meu pare va entrar a l'habitació, va encendre el llum de cop i em va cridar. «Aixeca't que has de treure les vaques», i jo tenia els ulls completament enganxats i no els podia obrir per mirar-lo i sense veure-li la cara em pensava ben bé que era una broma. I no ho era. «Aixeca't que me n'he d'anar i has de treure les vaques.» I vaig entendre que era veritat, que m'havia d'aixecar i rentar i vestir i encara només havia pogut obrir una mica un ull i l'altre em pensava que el tindria tancat per sempre més. I vaig dir que tenia molta son i em trobava malament i el meu pare des de la porta de la meva habitació va dir que si era prou gran per venir a segons quines hores també era gran per aixecar-me aviat. Eren dos quarts de vuit, em trobava com si m'hagués emborratxat i estava profundament ferit. Ara veia que era un càstig: em sentia humiliat i dolgut. Vaig sortir amb les vaques sense dir res, pegant-los cops massa forts a les anques perquè arriessin. Tenia son i fred, i un malhumor que m'anava creixent i cada vegada era més gros. Trobava els meus pares absolutament injustos. I encara vaig sentir la meva mare, al pas de la porta: «I no tornis tan d'hora com l'última vegada». Quasi els trobava cruels.

Quan vaig ser al prat de dalt em vaig asseure, el gos se'm va ajeure al costat amb els ulls oberts, i vaig començar a pensar en ella. A pensar en la nit abans, a l'església, ballant. Pensava com se m'abraçava i les coses que deia i els sorolls aquells que feia. Si obria els ulls la imatge se'm trencava, si els tancava era com si la tingués allà. Pensava com li havia acariciat els pits i era com si ho estigués fent en aquell moment. M'adormia. Sort que les vaques van soles: em devia adormir de veritat perquè em va despertar de cop el gos bordant fort i corrent cap avall. Ho feia perquè venia algú, i em vaig aixecar a mirar qui era. I em vaig quedar parat perquè era ella: venia caminant de pressa pel camí de baix, molt mudada; estava tan sorprès que no sabia què dir-li: només pensava que ella per força també es devia recordar d'ahir igual que jo. I tanta vergonya que m'havia fet aquell altre dia que ella em veiés traient les vaques, ara no me'n va fer cap, al contrari, les hi vaig anar ensenyant totes i li anava explicant una per una les coses que sabia. Moments així, quan jo parlava de coses que ella no sabia, m'agradaven: em sentia útil, superior, em sentia bé, ensenyant-les-hi. Ens vam asseure junts de primer al sol, molta estona, i quan el sol ja va començar a escalfar una mica vam pujar un tros i ens vam asseure a sota de dos arbres. Em va dir que ho trobava tot emocionant. «I a mi com em trobes?», li vaig dir, i li ho vaig preguntar perquè pensava en la nit abans allà a l'església. «A tu, encantador», i ho va dir sense riure però jo vaig veure que se me'n reia. «Encantador», va dir, i era una paraula que jo no hauria dit mai i potser per això encara em molestava més. I una mica ferit li vaig preguntar si es recordava d'ahir. I em va dir que sí: jo estava assegut amb les cames obertes i arronsades i l'esquena recolzada al tronc de l'arbre; ella es va agenollar al davant meu, tan a prop com va poder, i jo li vaig tancar les cames per darrera seu i era com si l'abracés. «Sí que me'n recordo», va tornar a dir, i em va començar a fer petons i a mi les mans se me n'anaven per tornar-la a tocar. I llavors va dir que no. En realitat no va dir res, però amb les seves mans em va apartar les meves i era com dir que no. I això: al cap d'una mica va marxar i em vaig quedar completament desconcertat. Veia clarament que mai no l'entendria.

17

Tot de cop el temps va canviar. Va deixar de ploure, van marxar les boires i va començar a fer bo. Feia calor, un sol que petava i al pic del migdia no deixava respirar. Quan t'aixecaves ja tenies calor: només s'estava bé a la nit, al Raig, quan hi anava amb ella. Era a final de juliol, marxava gent que acabava les vacances i en venia d'altra que les començava. Els que marxaven deien que havia fet molt mal temps i que no havia donat gust. Jo ja feia dies que sabia que ella i la seva germana es quedaven amb la iaia fins cap al quinze d'agost; els seus pares marxaven i pujarien els caps de setmana. Em va dir que ara encara tindria més temps per estar a fora, perquè la iaia no li deia mai res i se n'anava a dormir aviat i no es despertava mai quan ella arribava. Jo no vaig dir res, perquè ella potser sí, que tindria més llibertat, però jo no; al contrari: la meva mare semblava que m'estava més a sobre que mai i semblava que estigués pendent tot el dia de donar-me feines perquè estigués poc a fora. A vegades em semblava que des del dia aquell del ball que vaig arribar tan tard em vigilava.

La primera setmana d'agost la seva germana va fer vuit anys i van fer una festa i m'hi van convidar. Hi vaig anar per ella, per estar amb ella, perquè anar a casa seva no em feia gaire il·lusió. Em sembla que els seus pares m'intimidaven una mica: cada vegada que els veia pel carrer tenia ganes d'amagar-me, però com que la meva germana també hi anava vaig haver de fer veure que estava tan tranquil. Havien apartat els pocs mobles del menjador, havien penjat globus del sostre i en un racó hi havia una taula plena de plats i safates amb entrepans que devia haver fet la iaia i pastes seques i patates i gots amb moltes begudes. I la seva germana era a la porta i anava rebent els convidats, i volia estar seriosa però se li escapava el riure. Obria els regals i deia gràcies i els papers d'embolicar anaven quedant rebregats en un munt a terra. Jo no sabia gaire què fer: mirava. I em vaig fixar per primera vegada que ella tenia cap a la seva germana una actitud molt dolça i protectora. Li deia, de tant en tant: «Estàs contenta, Mar?» «T'agrada?», i li tirava els cabells cap endarrera perquè no li anessin a la cara i li posava bé el coll de la brusa. No m'havia fixat mai que se l'estimés tant i em va sorprendre i sé que em vaig posar content. Però els més petits es van posar a jugar i a mirar els regals i jo estava despenjat. Fins que la iaia va dir que ja podíem començar a menjar, i tots es van tirar a sobre la taula. Llavors el pare va dir a tothom que s'esperés, va obrir una ampolla de xampany, va omplir unes quantes copes i va fer un brindis. La Mar estava vermella i em sembla que no sabia gaire què fer: la Salut se la mirava com si fos la seva mare. Perquè la seva mare em va semblar que estava una mica apartada, una mica absent de tot això. Per exemple, quan el pare va fer el brindis i tots vam aixecar els gots, la Mar seia a la falda de la seva germana i no pas a la de la seva mare. La vaig mirar i va haver-hi un moment que la vaig trobar massa perfecta. Massa elegant, massa tranquil·la, massa bonica. Igual que la Salut però més lenta, menys nerviosa. Era una mica com si no hi fos, com si tot allò, en el fons, li fes nosa. Vaig pensar que com que el seu marit d'ara no era el pare de les seves filles potser aquestes festes li recordaven coses de l'altre marit. No ho sé, què era: la veritat és que la veia absent, massa poc pendent de la Mar, però m'agradava. Igual que la Salut. Pel cos, suposo, per la veu, per la manera de moure el cap o els ulls, o agafar un got o posar una cama a sobre l'altra. M'agradava. Em feia una mena de nosa de pensar-ho i de mirar-la, però veia clarament que m'agradava. Vaig pensar que tenir uns pares així devia ser diferent. Diferent dels meus, volia dir. Perquè és clar: veient-los no vaig poder estar-me de comparar-los amb els meus. I era fàcil que els uns hi perdessin de molt, perquè jo em deixava enlluernar per tot: pels cabells de la seva mare i la veu del seu pare, per les estovalles i pels llibres de les lleixes. Era un altre món, diferent del meu: m'agradava però patia, estava encarcarat, gens còmode. I la Salut a penes va estar dos minuts al meu costat. Aquella tarda vaig tenir gelosia de la seva germana però la vaig mirar atentament i no vaig poder tenir-li mania: era una bona nena. No s'assemblava gens a la seva mare ni a la Salut: tenia els cabells arrissats i no tan foscos, la cara rodona, em sembla que era força baixeta per la seva edat i no estava pas gens prima. I la Salut no es va moure del seu costat. Quan vam marxar estava cansat de no fer res i de sentir que feia nosa. La meva germana estava entusiasmada: deia que havia jugat tant i tant i que aquella gent li agradava moltíssim.

18

Aquella mateixa tarda va arribar en Ramon. Feia tant que no el veia que primer em semblava que no el coneixia. Estava content, estàvem tots dos contents de veure'ns. Jo li volia explicar coses de la Salut i no trobava el moment d'estar sols per poder parlar. L'endemà mateix va voler que anéssim a la Central petita: va dir que hi dinaríem i ens hi banyaríem i a la Salut li va semblar emocionant. Vam pujar tot recte, per un camí petit que va molts trossos al costat de la via del cremallera, molt amunt, fins a la Central. Hi ha una presa petita i a la primavera i a l'hivern cau un doll d'aigua prim però amb molta força. A l'estiu és eixut, però a dintre la bassa sempre hi ha aigua. La pujada és molt forta i vam caminar tota l'estona sense dir res perquè em sembla que a tots tres ens faltava l'aire, i encara sort que no feia gaire sol. Quan vam arribar a dalt de tot ens vam ajeure un moment per agafar forces, però teníem tanta gana que vam haver de dinar de seguida. En Ramon tota l'estona explicava coses i ens feia riure. Ella, sobretot, reia tan a gust que li quedaven els ulls negats i tot, de tant de riure. Llavors en Ramon va dir que ens havíem de banyar de pressa abans que no comencéssim a fer la digestió. L'aigua era neta però a les parets hi havia verdet i a mi em fa angúnia, més angúnia que el riu, perquè allà l'aigua no corre tant. Però no volia deixar de banyar-me, sobretot perquè ella va dir que sí de seguida. I en Ramon de cop diu: «Nosaltres —volia dir ell i jo— aquí sempre ens hi hem banyat a pèl». Em vaig quedar vermell, em sembla, i una mica espantat, i vaig mirar la Salut i estava tan tranquil·la i va dir: «Ara també, si voleu», i es va començar a despullar. I en Ramon també. I jo també, és clar. I ens vam tirar de pressa a l'aigua i nedàvem una mica i jo mirava sempre recte per no mirar-la a ella. Va ser un moment només; de seguida em vaig sentir tranquil i content. Ens vam divertir moltíssim. Quan vam sortir de l'aigua ens vam vestir de seguida, encara una mica molls, perquè resulta que ningú no havia portat cap tovallola. La vaig mirar com s'ajupia a collir les coses i li vaig veure els pits que s'inclinaven i es movien una mica. No sabria explicar com, però em va semblar una visió meravellosa, aquells pits tombats cap endavant. I després, el ventre i el triangle fosc d'entre les cames que mai no li havia vist. Per fora reia, em vestia tranquil·lament, però per dins estava seriós i greu, perquè ho trobava tan bell, tan diferent, tan superior, que m'espantava una mica. A partir d'aquell moment encara vaig sentir més clarament que el seu cos em cridava, m'hi feia anar, m'hi retenia com si em tingués lligat.

Doncs això: aquell dia va ser diferent, més tranquil, sense patir com quan estàvem sols. Llàstima que en Ramon tenia un piló d'assignatures suspeses i a penes el vam veure més, només de tant en tant venia al Torreneules, fèiem una partida i se'n tornava a estudiar. I ella res. També tenia suspensos però res, i jo al final, com que em sabia greu per ella, li vaig dir si volia que estudiéssim junts. I se'm va quedar mirant d'una manera estranya, com si hagués dit un disbarat. No crec pas que aprovés res, però tant li era. I la veritat és que jo, al seu costat, quiets, m'hauria concentrat molt malament perquè tota ella era com si m'enrampés: qualsevol part del seu cos que em toqués —que em fregués, només— em feia sentir a dintre com una petita descàrrega. I aquella visió dels pits quan ella s'inclinava, i del ventre i de les cuixes llargues sense roba em tenia adormit tot el dia. Estic segur que a estones devia semblar que no hi acabava de ser del tot.

19

Al cap de dos dies el meu pare va pujar a Fontalba i ens va dir si hi volíem anar. Érem sis: la Salut i jo, la meva germana i la seva, i en Ramon i el seu germà petit. Va ser divertit: el pare els va deixar tocar els cavalls i de primer la Mar i la Salut tenien una mica de por, o respecte, però quan van veure que no feien res —més aviat s'espantaven ells si nosaltres parlàvem fort o fèiem algun moviment brusc— els va passar la por. Vam jugar a atrapar els petits, vam anar fins a la Font Alba i ens hi vam mullar els peus i vam anar al monòlit. La Salut portava la màquina i ens retratava a tots. Des d'allà es veu l'alberg de Núria i el camí que segueix tota la muntanya fins que dóna la volta i es perd. Jo hi he anat cada estiu, un dia o altre, amb els meus pares o en Ramon, però aquell estiu encara no hi havia anat. Ho vaig explicar a la Salut i em va dir que per què no hi anàvem, que ella no hi havia anat mai i que li agradaria molt. Pel camí es veia tot de gent que anava i que venia, en grups de quatre o cinc, i alguns que anaven tots sols. Ens vam fer un tip de riure mirant un matrimoni que anava amb una cadireta de criatura, muntanya avall, tot ple de rocs, i la feina que tenien a conduir-la. I vam quedar que sí, que li demanaríem al meu pare que ens pugés fins allà i que hi aniríem el primer dia que fes bo i que tinguéssim assegurat que no havia de ploure.

Doncs això: tot anava bé, només que jo sentia que havia de dir a en Ramon que la Salut havia vist la cabanya. Li ho volia dir i no trobava el moment, i no el vaig trobar fins a la tarda, quan tornàvem cap al Land Rover per baixar. Potser és que no el trobava perquè em feia angúnia de dir-li-ho. I al final li vaig dir que tot l'estiu que sortíem junts, que ens estimàvem i que l'havia portada a la cabanya. I es va enfadar molt. No va cridar, no va dir res: només va dir que per què, si ni la Carme de Ribes ho sabia, li ho havia dit a una de Barcelona que marxaria d'aquí a quatre dies. I que es pensava que jo seria capaç de guardar el secret i que ara veia que no. I ho deia tan dolgut, tan desanimat, que jo no sabia què fer per fer-me perdonar. Va estar tot el camí de tornada morrut, sense mirar-me, esquivant-me quan el tocava, fredíssim. I jo per dintre em desesperava: havia fet enfadar la Carme, havia fet enfadar en Ramon... feia enfadar tothom per ella i ella no se n'adonava. I la vaig mirar, i reia, i cantava amb les dues nenes i el germà d'en Ramon, i de tant en tant deia coses al meu pare i ell se la mirava i es veia que li feia gràcia, que li agradava que li parlés i que se li acostés, perquè quan volia era educada i molt simpàtica, com una dona gran, i vaig sentir un calfred tot al llarg de l'esquena i la pell dels braços se'm va posar de gallina. I ja no sé què més pensava: tenia en Ramon assegut al costat, amb la cara girada cap al vidre, i a ella la tenia al davant, i jo no tenia l'esperit tranquil.

El meu pare va deixar en Ramon després de Can Constans, abans d'entrar al poble, i quan va haver baixat va comentar que l'havia trobat molt moix. Jo em sentia culpable d'alguna cosa molt grossa i no sabia ben bé de què.

20

Demà vénen uns amics dels meus pares», em va dir un dia. Era un dijous, em sembla, i aquests amics tenien un fill que era un parell d'anys més gran que ella; es veu que eren molt amics. Quan m'ho va dir vaig notar que em molestava, que m'hauria estimat més que no vinguessin. Que no vingués el noi aquest, és clar. Era pel to entusiasmat amb què me'n parlava: vaig intuir que ens separaria. Va arribar al vespre i l'endemà al matí vam baixar a Ribes a la piscina, tota la colla. Hi vam anar amb bicicleta, tots excepte ells dos, perquè ell feia molts anys que no havia anat amb el cremallera i tenia ganes de tornar-hi a pujar. I ella també de seguida va dir que li venia de gust, i van marxar tots dos sols, i a mi no em va fer gens de gràcia.

A la piscina, en ple estiu, no hi ha quasi cap ombra, i les poques que hi ha estan sempre ocupades. Queia un sol de justícia. Portàvem el dinar perquè el pla era quedar-nos-hi tot el dia: de mica en mica vaig començar a sentir que el sol em pesava al cap i a les espatlles; hi havia moments que em semblava que em faltava aire, que no respirava bé. Quilos i quilos de sol a sobre el cap. I tot bullia: l'herba, els rajols, les tovalloles, les begudes que dúiem. Tot cremant. Em trobava fatal, i ells dos s'ho passaven tan bé, i sempre estaven junts, tota l'estona. Vaig haver d'anar-me'n. Vaig dir que no em trobava bé i que me n'anava, i ella m'escoltava seriosa però amb els ulls riallers. Ell no va dir res, i jo hauria plorat només de pensar que amb aquell sol havia de pujar amb bicicleta fins a casa. No recordo res tan dur: de tant en tant m'ajeia al costat de la carretera, descansava una mica i tornava a pedalar. Ni una ombra, ni una mica d'aire, ni gens d'aigua en aquell tros de riu. No arribava. Els ulls em feien una cosa estranya i vaig tenir por que el sol m'hagués entrat al cap i m'hagués trastocat una mica. Cada cop de pedal era com un suplici: quan vaig arribar a casa la febre m'havia pujat a trenta-vuit.

Vaig dormir moltes hores seguides. Em vaig despertar al vespre amb molt de mal de cap i amb gana. Vaig preguntar abans de res si algú m'havia vingut a veure i em varen dir que no. La veritat és que em va saber greu: vaig cridar la meva germana i li vaig demanar que anés a mirar si la veia. Va rondinar una mica, però em devia veure força malament i al final va dir que sí. Va tornar al cap de vint minuts de rellotge dient que no l'havia vista. Enlloc: ni al Torreneules, ni al cafè del senyor Pere ni al Raig. Havent sopat vaig demanar-li que ho tornés a mirar però res, va dir que no l'havia vista i que li havia preguntat a la seva germana i que tampoc no sabia on era i que ja estava cansada d'anar amunt i avall. Per fer-la contenta li vaig donar vint duros i li vaig demanar que tornés a baixar per última vegada aquella nit. I res. I a mi m'estranyava molt que no fossin enlloc però al final vaig arribar a la conclusió que es devien haver quedat a casa. I vaig pensar que l'endemà segur que em vindria a veure i em vaig adormir confortat.

L'endemà ja no tenia febre però la meva mare no em va deixar sortir. I total, si no podia sortir de casa, em vaig estimar més quedar-me al llit. «Si ve —vaig pensar— s'asseurà als peus del llit, i parlarem.» Però va passar el matí i no va venir. I vam dinar. I a la tarda estava convençut que havia de venir per força. M'estava quiet, cansat de no fer res, llegint sense saber què llegia, avorrit, esperant. Cada vegada que sentia passos pel carrer de casa estava segur que era ella. I res. I al final cap a les vuit em vaig aixecar. Tenia fred i sé que era que estava trist. Dolgut, estava. La meva mare va veure que tenia una altra cosa que no era la insolació del dia abans. Quan la meva germana va venir, a l'hora de sopar, li vaig preguntar si els havia vist, i no, no els havia vist en tota la tarda. I em va dir que els cotxes sí que hi eren, i si els cotxes hi eren era que no havien sortit d'excursió. I jo no sabia què pensar. Vaig començar a fer una llista mental de totes les coses que podien haver fet tots dos, de tot els llocs on podien haver anat: a banyar-se al riu, a Fustanyà, al dipòsit, al cementiri, a la Font del Coronel... De cop em va passar pel cap que no li hagués anat a ensenyar la cabanya i vaig notar que em posava vermell. Vaig dubtar un moment: no podia ser. Era el nostre secret, no podia ser. M'ho vaig treure del pensament i em vaig penedir de seguida d'haver-ho sospitat. Vaig dormir malament i vaig somniar que ella em passava pel costat, pel carrer i feia veure que no em coneixia.

21

L'endemà al migdia va venir a casa a dir-me que al vespre els de la colla anaven a sopar al dipòsit, que hi anés. Vaig fer una mica el desmenjat però vaig dir que sí. A les nou érem tots al dipòsit de l'aigua, amb un aparell de música a tot volum, menjant entrepans i bevent a morro de les llaunes. Però jo no estava gaire de bon humor. La mirava tota l'estona i em feia ràbia que estigués tan contenta, tan alegre, tan fresca i m'hagués fet patir tant el dia abans. Em feia ràbia que fos tan bonica i no em fes cas. Perquè van posar una cançó que li agradava molt i es va posar a ballar allà al mig i jo quasi no podia mirar-la perquè m'agradava molt i em feia mal. I ballava al davant meu, com si ballés per mi. I es movia a poc a poc, expressament a poc a poc, i jo no sabia si tenia més ràbia o més desig. I veia que el sopar aquell acabaria molt malament, i ella, com si ho notés, va venir al meu costat i em va dir a l'orella que ens n'anéssim. I el cor se'm va girar completament. «Ara venim», va dir, i em va estirar pel braç i vam arrencar a córrer. Vam baixar pel dret, tot fosc, posant els peus on ens semblava, fent rodolar pedrotes enormes... no sé com no ens vam fer mal. De seguida vam ser a l'església, a l'Ajuntament, al Raig. «Anem al castell», em va dir, i com sempre vaig veure que m'havia passat al davant, perquè semblava mentida que no se m'hagués acudit abans d'anar al castell amb ella, perquè el castell és un lloc que sempre m'ha semblat molt màgic.

Doncs això: vam arribar i vam seure entre les dues parets que hi ha encara dretes, mirant el poble. Feia una nit molt clara perquè hi havia una lluna prima però cap núvol no li entelava la claror. Em va preguntar què tenia, per què no parlava, per què feia aquella cara. No vaig gosar dir-li que m'havia sabut tan de greu que no m'hagués vingut a veure. Però li vaig dir: «Què vau fer, ahir, tot el dia?». I em va mirar i els llavis li reien i els ulls també, però amb malícia, em sembla. I al final va dir: «Res, home, res», i em vaig sentir ridícul perquè va endevinar la meva por. No podia estar content. Sense dir-m'ho, sabia que amb ella no hi podia haver una felicitat completa: sempre alguna cosa o altra d'ella em feia patir, m'angoixava, no em deixava descansar l'esperit. Em deia «res, home», i jo l'havia de creure però en el fons em faltava confiança.

I ja no en vàrem parlar més. Vam estar mirant els llums de les cases del poble i els que hi havia a l'altre costat del riu. Va veure Fustanyà i va dir que li agradaria d'anar-hi: li vaig dir que si volia hi podíem anar el primer dia que jo no tingués feina. Vam estar allà asseguts fins molt tard, sense parlar gaire, sense agafar-nos les mans, sense res. Me'n vaig anar a dormir una mica més tranquil que la nit abans però no pas més content. En el fons estava encara dolgut i desil·lusionat.

22

D'aquell dia me'n recordo molt especialment. Hi ha vegades que l'aire fa una olor diferent, que dolceja, una olor que no se sap d'on ve però que se sent a tot arreu, a l'aire, sobretot. Passa poques vegades, però aquell dia era un dia d'aquells. Vam anar a Fustanyà per la drecera, tots dos sols, caminant de pressa perquè s'hi està estona i jo no tenia pas molt i molt de temps. No ens vàrem aturar ni un moment fins que vam ser a la carretera, a la Central del Molí, just perquè el cor no ens anés tan de pressa. I en tot el camí no dèiem res per no cansar-nos més, però ella, que anava al davant, de tant en tant es girava i em somreia, o s'afanyava una mica i d'un tros lluny em cridava que no m'endarrerís. Estava de bon humor, cantava, em va ensenyar que sabia xiular i em va dir que la seva iaia, de petita, sempre la renyava perquè li deia que això de xiular era cosa de bordegassos. I a mi m'encomanava el seu bon humor: estava content i per dins demanava que ella no canviés, que no se li girés l'aire, que no canviés de gest com feia tan sovint. Però no, aquell dia estava més contenta que mai, més simpàtica, més dòcil, més a prop que les altres vegades. I va ser un dia diferent. Per tot: per ella, per mi que ja no em recordava del tort que m'havia fet no venint-me a veure, i pel dia que feia: per l'olor de les coses i pel color de la llum. Vam arribar molt suats i feia vent, i vam notar de seguida que la suor se'ns refredava i se'ns enganxava a la pell. Vam seure un moment als abeuradors i vam veure passar les vaques. A Fustanyà hi ha només un parell de cases, una casa de colònies, l'església i el cementiri, i el campanar. I les vaques que sortien, tret del parell que anaven al davant, eren totes petites, blanques o marrons, però joves, amb el cap gros i les potes curtes. A ella li va fer molta gràcia que el gos —un gos petaner que cridava tota l'estona—, tot d'un plegat, mossegués la pota d'una vaca que se n'anava avall: la vaca va fer un crit, com una queixa, i en va fer via d'ajuntar-se amb les altres. I ella tot de cop es va enfilar a la vora del safareig i hi caminava amb els braços estirats, com en un circ. «Si caic m'hauràs de treure», va dir, i reia, i quan va haver donat tota la volta em va donar les mans, va fer un salt, i en comptes de fer-lo llarg va caure amb tots dos peus a dintre el fang, allà mateix. I li van quedar les bambes i els mitjons i les vores dels pantalons ben bruts, i a més, d'aquell color, semblava qui sap què. I vinga riure. Es va esbandir les soles i es va posar els mitjons a la butxaca, i vinga riure. I jo l'aguantava per un braç perquè anava descalça d'un peu i feia equilibris per no tornar a caure. I així, tan incòmoda, de cop, em va dir que aviat marxaria i que li sabia greu perquè ara començava a estar bé amb mi. I com que jo no sabia què dir-li li vaig dir que pujaríem al campanar però que no ho digués a ningú perquè els de l'església no ho volien.

El campanar aquest sembla fet d'una pedra més tova, com si fos fang, perquè està molt més fet malbé que l'església. Suposo que un dia caurà, si no s'afanyen a reconstruir-lo, però que jo sàpiga aquí mai no hi diuen missa i de les làpides que hi ha al cementiri només n'hi ha una de nova. Doncs això: li vaig dir que hi pujaríem i ella va dir que li semblava que quan passés pels taulons tindria por però que volia anar-hi de totes maneres. Perquè el campanar està separat del marge del darrera l'església una distància d'un parell de metres, i hi ha uns taulons de fusta prims enganxats amb cordes que van d'un costat a l'altre. La cosa empipadora és si mires a terra, tinguis o no vertigen, perquè d'allà a terra hi ha més de deu metres i si el mires sembla que el terra et cridi. Però vam passar per sota els filferros que impedeixen l'entrada, vam saltar dos troncs que també fan de barrera i ja vam ser en un dels caps dels taulons. Li vaig explicar com havia de fer-ho: caminar de pressa, mirant recte, sense respirar. De primer anava jo: li volia donar la mà però va dir que s'estimava més passar sola. I va passar sola, amb els ulls tancats, i quasi corrent. Quan va ser a l'altre costat va dir que havia tingut por: por de caure daltabaix i fer-se molt de mal, i els ulls li brillaven amb una mena d'ansietat i va tardar molta estona a no tenir les galtes tan blanques. I ja hi érem. Primer vam mirar el sostre, que és de fusta vella i molt treballada, i després vam mirar les campanes. A l'una hi ha escrit el nom d'un regidor i d'un mossèn, i a l'altra el mateix nom del regidor però ara ja amb el títol d'alcalde. Després ens vam repenjar al pedrís, mirant la vall. Ben bé a sota hi havia un camp groc, ben pentinat, i després del camp, ensota, el llit del riu, la carretera, les coves, Rialb, i molt i molt més envall les primeres cases de Ribes. Un cremallera pujava i en el lloc on deixa la via i agafa la cremallera va tan a poc a poc que des d'allà semblava que s'hagués aturat. I l'aire continuava fent aquella olor. «Quina és, aquesta muntanya?» I jo li deia els noms de totes i les que no em sabia me les inventava i ella no ho notava pas. I quan ho vam haver mirat tot es va empènyer amb les mans i es va asseure d'un salt a sobre el pedrís. «Tu aguanta'm», i jo per aguantar-la li vaig passar els braços per la cintura i li vaig ajuntar els dits a l'esquena, com si resés. I ara ella estava d'esquena i veia la casa de colònies i jo continuava veient tota la vall i li anava dient els cotxes que pujaven i baixaven, i la gent, que semblaven formigues de colors. I ella no deia res i al cap d'un moment li vaig preguntar què pensava. «Trobo que fa un dia estrany —va dir— i penso que em sabrà greu marxar.» I ho va dir a poc a poc, amb una veu emocionada. I ens vam mirar tots dos i abans que tingués temps de parpellejar em va dir que m'estimava. I jo em vaig afanyar a dir-li que sí, que també, que l'estimava des del primer dia que la vaig veure al Raig. Estava confós i ho vaig dir malament i de pressa, i per dintre em sentia tendríssim i amb unes ganes horroroses de plorar que em feien sortir la veu trencada. I ens vàrem fer un petó. Molt llarg, molt dolç. I un altre. I un altre. I després tot de cop va saltar a terra, em va estirar del braç i em va fer pujar al pedrís de l'altre cantó, el de la campana de l'esquerra. I vam posar el cap a dintre. Només de tocar el ferro, fa un so que sembla de lluny el toc de morts. Amb el cap a dintre, amb els cossos molt junts, va dir que em preparés. «Va», va dir, i va agafar la corda que aguantava el batall i el va començar a moure i a fer-lo picar d'un costat a l'altre i era com si ens piquessin a dintre el cap. I cridava: «Ens estimem, ens estimem, ens estimem...» i la seva veu semblava el so d'una altra campana més aguda.

I vam marxar corrents, abans que vingués algú. Vam passar per sobre els taulons molt barroerament, vam travessar els esbarzers i els matolls per no anar a buscar el camí. Vam córrer fins que quasi vam ser a la carretera. Després vam anar baixant sense aturar-nos cap vegada, vam arribar a la Central del Molí, vam travessar la carretera i vam començar a pujar. A la capella petita, ens vam asseure deu minuts: em va dir que les cames li feien figa i que el cor li anava tan de pressa que li feia mal. Vaig arribar tard, el meu pare m'esperava i feia morros, però ni ho vaig veure: l'havia acompanyada fins a casa seva, l'havia abraçada molt fort i a dintre el cap només sentia el so de la campana de la seva veu que repetia una i altra vegada que ens estimàvem.

23

Vistes des de la carretera, les coves de Rialb semblen un tros de paper gruixut arrugat i enganxat a la muntanya, o molts llavis entreoberts, de totes mides, uns a sobre els altres. Ens hi va portar el seu pare el diumenge següent; érem en Ramon, la meva germana i jo, i la Salut i la Mar, i des del començament la cosa no va anar gens bé. Vull dir que ja es veia, només de pujar al cotxe, que ell no tenia cap ganes de portar-nos-hi i que ho feia per no quedar malament, ben bé per força. Vam travessar el pas a nivell del cremallera i vam pujar fins a la residència. Ell no ho sabia, que per anar a les coves s'ha de passar pel jardí i per darrera la pista de tennis dels mossens, i quan va veure que se'ls havia de demanar permís encara va posar més mala cara. Jo estava una mica disgustat, pensava que per anar-hi amb aquell humor valia més quedar-se a casa.

El mossèn va dir que sí de seguida i vam anar pel camí en fila índia fins a les coves. Portàvem una llanterna i quan vam ser a la boca de la cova, al tros més ample, només de començar a pujar —hi ha trossos, més amunt, que has d'anar quasi ajagut— el seu pare va relliscar, va quedar assegut a terra i va deixar anar tres o quatre renecs seguits. Feia una cara terrible i en canvi a la Salut se li escapava el riure per tots costats. Total que de mala gana ens va dir que pugéssim nosaltres sols, no gaire tros, i que ell es quedava a baix amb les dues nenes. I amb la llanterna encesa vam començar a pujar. Hi ha forats en què et podries amagar perfectament, plens de columnes de pedres que pengen i que fan formes estranyíssimes. Vam avançar fins que hi va haver un moment que els costats s'ajuntaven i no podíem passar. Vaig dir que valia més que tornéssim, que el seu pare ens devia esperar i que a més allà hi feia fred. Ella portava la llanterna i anava enfocant el sostre i les parets, sense dir res, i quan li vaig tornar a dir que valia més que marxéssim, va apagar la llanterna i només vam tenir la mica de claror que entrava pel darrera nostre. Estàvem ajupits, tots tres, a la gatzoneta, molt acostats, i li vaig tornar a dir que ens n'anéssim i que encengués el llum. I ella em va passar els braços pel coll i em va dir si em recordava de la pel·lícula que havíem vist tota la colla la nit abans al bar. «Te'n recordes, del tros que s'estimen?» i li vaig dir que sí, que me'n recordava molt bé —me'n recordava perquè era una escena d'amor molt tendra, molt dolça, i perquè quan el noi i la noia es van començar a fer petons tots es van posar a xiular i el senyor Pere de poc que ens fum fora. Però no entenia per què m'ho preguntava, fins que va dir: «No t'agradaria?», i quan ho va dir vaig sentir que una onada de vergonya se m'escampava fins a l'arrel dels cabells. I ella reia, i com que estava d'esquena a la claror només se li veien les dents blanques, i no parava de riure, i de tant en tant anava dient: «No t'agradaria, no t'agradaria...?». I em vaig sentir humiliat, com si fos una burla, i vaig notar una punxada de rancúnia al cor. En Ramon no va dir res en tota l'estona, com si no ho hagués sentit, i va començar a sortir el primer, a les fosques, ajupit, i jo el vaig seguir de seguida. I a fora hi havia el pare cansat d'esperar-nos, amb els pantalons fets una pena; em va semblar que havia de saber per força el que ella m'havia dit. I després va baixar ella, riallera, espolsant-se les teranyines dels cabells, contenta, amb els ulls maliciosament alegres, com si res no hagués passat. Vaig mirar-la, i després vaig mirar el seu pare i se'm va acudir que potser si fos el seu pare de veritat s'adonaria de com era i de les coses que feia, però ell semblava més preocupat dels seus pantalons que de qualsevol altra cosa. I vam tornar, ell de malhumor, les dues nenes enfadades perquè no les havien deixat pujar, jo avergonyit, en Ramon desconcertat i ella tranquil·líssima, com sempre.

Quan vam ser al poble en Ramon em va dir que volia parlar amb mi, tots sols. Per un moment vaig tenir por que no em digués res d'allò de la cova, però després vaig pensar que tant de bo ho hagués estat, perquè em va dir que havia anat a la cabanya i que estava segur que hi havia anat gent. «Gent de fora», em va dir. El vaig voler convèncer que era impossible, que devia haver estat jo mateix, l'última vegada que hi vaig anar, que ho devia deixar tot de qualsevol manera. Però llavors em va dir: «Tu hi deixes llaunes buides?». I em vaig quedar fumut perquè era veritat que nosaltres dos mai no hi havíem menjat ni begut. I ell em mirava i amb els ulls em deia que jo en tenia tota la culpa. Me'n vaig anar a casa tot encongit.

24

Al cap de quatre dies vam anar a Núria tots dos sols, quasi d'amagat, sense dir-ho a ningú de la colla, perquè ella va dir que s'ho estimava més. El meu pare ens va pujar a Fontalba i se'n va entornar. Feia un dia magnífic, sense ni un sol núvol, amb una mica d'aire fresc que ens va fer posar els jerseis a tots dos. Pel camí vam trobar molta gent que tornaven, amb cara de cansats, i d'altres que hi anaven, com nosaltres.

Només portàvem aigua i un paquet de galetes perquè volíem dinar a la cafeteria nova de Núria. Vam caminar amb un pas bo, ni massa lent ni massa ràpid, mitja hora llarga. Llavors ella va dir que estava cansada i es va voler parar; es va treure les bambes i va dir que els peus li feien molt de mal. I era lògic, perquè portava unes bambes de passeig, molt primes, estampades de flors, de les que no van gens bé per anar per la muntanya. I jo li havia dit, el dia abans, que portés les gruixudes i que portés mitjons, i no podia entendre per què sempre aquell esperit de contradicció que tenia. Em recordo que li havia dit: «Vine amb les bambes gruixudes, perquè amb aquestes se't clavaran totes les pedres a la planta del peu i et faran molt de mal», i em va dir que sí, i a l'hora de la veritat era que no. Portàvem deu minuts allà asseguts i es veia que aquella excursió podia ser eterna perquè deia que estava cansada i que els peus li feien mal i va començar a dir que no sabia si valia la pena d'haver vingut. I cada quart es parava quasi deu minuts, i jo estava avorrit i fastiguejat, perquè cansa més parar-te tan sovint que no pas seguir estona amb un ritme bo. I a més, vaig haver de sentir tot el camí que tenia set, i feia estona que no teníem aigua perquè ella se la tirava a la cara per refrescar-se i l'havia gastada tota. I em va dir que tots aquells boscos i aquells arbres i aquell cel d'aquell color la deprimien molt i que cada vegada veia més clar que el seu ambient era la ciutat. Em deia aquestes coses i jo no sabia què contestar-li, però em sabia greu, em feia mal que parlés amb menyspreu de tot allò que era tan meu. I al final, quan ja érem allà on es veu el monestir però encara s'ha de baixar el tros fort, em va confessar que si ho arribava a saber no hauria vingut, i encara ara em pregunto com podia dir-me aquestes coses sense ni sospitar que podien molestar-me.

Arribàvem a l'hora de dinar. A partir de llavors va canviar de cara: vam menjar un plat combinat al costat dels finestrons, a la cafeteria nova, i des d'allà vèiem les pistes d'esquí buides, el darrera del monestir, el llac i les vaques que jeien i es deixaven retratar per la gent. Va dir que era bonic i que hi estava bé: vam beure vi i vam riure, i després de dinar vam anar a l'embarcador del llac i vam agafar una barca. Vaig remar tot sol fins cap al mig i després va dir que volia remar ella, i va ser un tip de riure perquè sempre érem allà mateix. Me'n recordo molt bé, com si fos una fotografia que hagués mirat moltes vegades, una fotografia preciosa: ella amb una mà a cada rem, amb les galtes vermelles per la força que feia, despentinada, amb els llavis estrets, concentrada del tot a fer anar els rems, i els rems esquitxant tot d'aigua a dins. Preciosa. No li quedava res d'aquell mal humor d'abans; ara estava contenta, reia, em mirava i la sentia a prop, amiga: la sentia meva. En aquell moment no em vaig poder estar de preguntar-li si havia anat amb algú a la cabanya, i mentre li ho preguntava em sentia molt baix i molt poc noble. Ella em va mirar i sense tancar els ulls ni una sola vegada em va dir molt a poc a poc que m'ho havia jurat i que no seria capaç de fer-ho. I m'ho vaig creure, i em vaig treure un pes enorme de sobre i em vaig sentir immediatament satisfet i tranquil.

Vam remar fins que se'ns va acabar el temps i quan vam baixar de la barca ens vam adonar que els braços i les cames ens feien mal. Començava a fer fresca i si haguéssim portat alguna jaqueta més gruixuda ens l'hauríem posada. Vam entrar a l'església i em va demanar diners per encendre un ciri, i quan el va haver encès li vaig preguntar quin desig havia dit, perquè sempre que la gent encén un ciri ho fa per demanar alguna cosa. No m'ho va voler dir: «És un secret», va dir, i durant molta estona, a la nit, vaig intentar imaginar-me res que ella pogués demanar amb un ciri i no se m'acudia ni una sola cosa. Abans de marxar vam entrar a la botiga i va comprar un visor petit amb vistes de Núria per a la seva germana. Vam agafar quasi l'últim cremallera: era dels vells, de fusta, petit, dels que m'agraden. Es va asseure al cantó de la finestra i jo al seu costat, i primer mirava a fora però de seguida va posar el cap a sobre meu i es va adormir. Quan vam arribar a l'estació i es va adonar que havíem de fer tot el tros de carretera fins a casa se li van negar els ulls. Va dir que mai no havia estat tan cansada i que li semblava que amb una mica més de cansament es podria morir. La vaig haver d'estirar tot el camí de la mà, com a la meva germana. Quan vaig arribar a casa jo també estava més cansat del compte.

25

I va passar el que ara penso que és estrany que no passés abans: la meva mare va saber que sortia amb la Salut. Va saber, concretament, que cada vespre ens vèiem al Raig i que ens fèiem petons. No sé qui li devia dir: sempre hi ha ànimes caritatives que no tenen feina i s'ocupen dels altres. La primera cosa que va fer la meva mare va ser preguntar a la meva germana si era veritat, i ella va tenir la gosadia de dir-li que no en sabia res, i també va rebre, perquè la meva mare va dir que quan ens convenia ens ajudàvem i anàvem en contra seva. L'escàndol gros, però, va ser per a mi. Mai no havia vist la meva mare tan nerviosa, tan enfadada, tan fora d'ella mateixa com aquell dia. Va parlar, va parlar i va parlar i el meu pare no va dir res. Ni piu: em mirava com si no s'acabés de creure que jo ja era gran per sortir amb noies, com si de cop em veiés bé per primera vegada. Però la meva mare... Em va dir de tot. Que si què m'havia pensat, que si què dirà la gent, que si tothom ens deu haver vist, que si quina vergonya. I sobretot, que podia passar qualsevol cosa i després què, i jo no ho acabava d'entendre del tot. I a més, deia: «És més gran que tu». «És com jo», li vaig dir, però ella hi tornava: «Potser té la teva mateixa edat, però és més gran». I això en boca seva, dit de la manera que ho deia, semblava un pecat. I deia: «Qui sap les coses que deveu haver arribat a fer», i jo li hauria explicat de veritat les coses que havíem fet perquè veiés que no n'hi havia per a tant, però estava massa exaltada i jo, massa avergonyit. I el meu pare no deia res. I la meva mare va seguir dient que tot el dia era fora de casa i que no ajudava i que no em pensés pas que jo era com aquests estiuejants, que tenen vacances i no fan res, que jo a l'hivern estudiava i a l'estiu havia de treballar. I quan ja tots estàvem cansats, ella de parlar i el meu pare i jo d'escoltar-la, va dir: «I a més, d'aquí a quatre dies marxarà i no la veuràs més». I això va ser el que més em va doldre, perquè era veritat, i les veritats quasi sempre fan mal.

Perquè va ser ben bé com si m'endevinés el pensament, com si em descobris, i vaig tenir un moment de debilitat i vaig estar a punt de dir-li que sí, que només feia que pensar que ella a final d'agost marxaria i que a mi em sabia greu saber que no la podria recordar ni enyorar com jo hauria volgut, com a mi em semblava que s'havia de sentir l'absència de qui estimes. Perquè feia dies que començava a adonar-me que era veritat que m'agradava —molt, m'agradava, cada vegada més—, però que reconeixia que no era clara, que no era simple, que era difícil i esquerpa i que em feia anar d'un costat a l'altre al seu gust. I tenia el meu orgull a sota zero: quan la veia es remuntaven automàticament les meves ganes d'abraçar-la i de tenir-la i anava al seu darrere com un xai.

Doncs això: la meva mare va repetir encara una altra vegada que era massa gran i se'n va anar a dormir, i em vaig quedar al menjador, assegut a la butaca baixa, mirant la llar de foc apagada, abatut i sense pensar en res, fins que vaig sentir que la meva germana baixava les escales, descalça i amb el gat a coll. Es va quedar parada al davant meu com si li hagués sabut greu de destorbar-me. Al final va dir: «Teníem set», i és que ella en aquella època sempre anava amunt i avall amb el gat a coll i parlava en plural, com si fossin dos. I van entrar a la cuina, va obrir l'aixeta i va deixar que el gat begués del raig. Després es va tornar a quedar plantada al davant meu, em va posar el gat a la falda i va seure al gronxador. Però el gat em va mirar un moment, va fer un salt i va tornar a pujar a la seva falda, i jo des d'allà sentia com roncava de content de tornar a estar amb ella. «Només t'estima a tu», li vaig dir, i el que jo volia dir en aquell moment era que ni el gat no em feia cas. La meva germana em va preguntar si volia que es quedés una mica a fer-me companyia i a mi allò encara em va posar més trist. Perquè la mirava —portava un pijama amb tot de lletres escrites— i pensava que aviat seria una noia gran i que estava segur que seria més dolça, més dòcil que no pas la Salut, i que segur que el noi de qui s'enamorés trobaria més fàcil i més acollidor estar amb ella. I se'n va anar amb el gat a coll i a mitja escala es va parar i me'ls mirava i aquell gat tan gros i tan negre, sempre tan enganxat a les seves cames, sempre tan a sobre seu, tan feliç de tenir-la a prop, tan fidel, tan enamorat de la meva germana, em va semblar per un moment que era el que jo volia ser amb la Salut, i no em va agradar gens.

26

L'endemà, de seguida que vaig poder, vaig agafar la bicicleta i vaig anar a la cabanya. Tot el camí vaig anar com un llamp: tenia una pressa que em sortia de dins per estar sol, per pensar, per saber exactament què tenia. Un tros abans d'arribar-hi vaig afluixar el pas però aquell malestar tan estrany que tenia no em va pas marxar. Vaig baixar el marge i vaig travessar el riu; ja hi era. Em vaig anar girant a poc a poc, mirant-ho tot però veient-ho com de lluny, com si no acabés de ser del tot allà. La veritat és que no pensava res, ni en ella, ni en el discurs de la nit abans de la meva mare; res, com si tingués el cap buit. Em vaig asseure a tocar de la cabanya i vaig veure que s'havia d'arreglar una mica d'un costat, perquè les branques hi eren massa esclarissades, però ni em vaig moure ni vaig pensar en res del que m'havia dit en Ramon. Mirava l'aigua com si de veritat m'interessés: agafava un tros de riu i el seguia des que queia d'una roca grossa fins que se'm perdia cap a la dreta. Mirant l'aigua em semblava que ja no em sentia tan malament. Recordava coses i escenes, saltades, com ho fan en algunes pel·lícules per explicar una vida ràpidament i resumida. Eren imatges que passaven de pressa, sense aturar-se, d'una manera molt lleugera, i a totes hi sortia la Salut, com si abans que ella arribés no hi hagués res, no hagués viscut res, sortia a tots els records: al riu, a Fontalba, al Torreneules, a la capella, al Raig, a la piscina, a casa... sempre hi era, i sempre reia, i jo també hi era sempre, al costat, però una mica més enllà, lluny, com si esperés el seu permís per acostar-m'hi, i aquesta visió em va fer tant de mal que vaig intentar de pensar en altres coses, de treure-m'ho del cap, i no se m'acudia res: ella era a tot arreu, obsessivament. Vaig aixecar-me i vaig mirar d'arreplegar unes quantes branques per arreglar aquell tros de la cabanya. No tenia cordill, ni filferro; em vaig limitar a posar les branques encreuades les unes amb les altres perquè s'aguantessin. Però ara ni la cabanya m'alegrava ni em descansava com les altres vegades, tan bé que m'hi havia arribat a sentir, perquè per la cabanya en Ramon s'havia disgustat tant. I no trobava res que em tranquil·litzés, al contrari, semblava que tot m'anava en contra. Fins que de cop vaig sentir el soroll d'una bicicleta que venia pel camí de dalt i que no passava de llarg, sinó que es parava just allà sobre. Vaig sentir que la deixaven a terra i que algú començava a baixar. De primer vaig pensar que era en Ramon i me'n vaig alegrar, però de seguida vaig veure que era ella i el cor em va fer un salt però no sé de què: d'angúnia, més aviat. Es va asseure al meu costat, em va ensenyar una rascada que tenia al genoll i em va preguntar si tenia un mocador per lligar-s'hi. I li vaig donar el mocador i no li vaig dir res, i vam estar una estona ella intentant fer un nus al mocador i jo mirant-m'ho. I quan va tenir el nus fet em va dir que la meva germana li havia explicat que m'havien renyat tant, i que li sabia molt de greu. I em va agafar la mà i em va fer un petó al palmell, i després em va mirar i se'm va acostar i ens vam començar a fer petons. Eren uns petons humits, enganxosos, que no sabíem com acabar. Vaig sentir el gust de les seves genives, de la part de dintre dels llavis, de la saliva. I era com si m'escolés, com si la sang em sortís per un forat i m'anés debilitant, anés perdent totes les forces. M'hauria pogut morir de mica en mica: mai no m'havia sentit d'aquella manera, deixat anar, tou, dèbil. Fins que vaig ajupir el cap i li vaig besar els pits per sobre la roba. Llavors tot va anar molt més de pressa: vaig posar les mans a sota i la vaig tocar, com aquell dia de la revetlla, a l'església. I llavors aquella fluixesa em va marxar i vaig sentir tot el contrari: una pressa, una força i un nerviosisme que em sembla que em feien ser barroer i tot. I ella no deia res: sospirava, sospirava fluix i no deia res. Però els petons que ara em feia eren forts, quasi violents; a vegades amb les dents em mossegava el llavi i em feia mal. I de cop se'm va separar, em va somriure i es va descordar el botó dels pantalons. Li mirava les mans i tornava a sentir aquella aigua que se'm desfeia per dins, i el cor em picava fort just a la nou del coll i no em deixava respirar bé. Vaig mirar-li les mans com descordaven el botó i com abaixaven la cremallera, i es va tornar a lligar la camiseta, com aquell primer dia que vam anar a la cabanya: me li vaig acostar, li vaig posar les mans a la cintura i em vaig anar ajupint fins a quedar-me agenollat al seu davant. Li vaig fer molts petons al ventre: feia una olor diferent, calenta, com de menta. I allà abocat m'hi hauria estat eternament, però ella em va fer aixecar el cap i vaig sentir que deia: «Toca'm», amb una veu diferent, fosca, una mica trencada. I la vaig tocar, molt a poc a poc, amb por de no saber-ne, o de fer-li mal, sense estar del tot segur que era allò el que ella volia i el que havia de fer. I vaig sentir que s'estremia i no vaig tenir temps de saber per què, perquè de cop va dir que prou. «No em toquis», va dir, com si no hagués estat ella que m'ho hagués demanat, com si no fos ella que hagués portat com sempre la iniciativa. I es va apartar, es va desfer el nus de la cintura, es va cordar els pantalons i em va mirar d'una manera freda i distant, amb una mirada que em va fer sentir com si hagués fet qui sap què, avergonyit i desconcertat. I em va dir que tenia pressa, que els seus pares venien a passar el cap de setmana i que ja devien haver arribat. Em va fer un petó sorollós i humit a la boca i em va dir: «Ens estimem, no?». Va ser la primera vegada que vaig sentir que li tenia avorriment i antipatia.

27

I encara l'endemà vaig anar a Festa Major a Ribes amb tota la seva colla, només per veure-la, però malhumorat i ressentit. Vam veure els gegants a la plaça, i aquella música dels timbals i les cornetes, i els gegants ballant amb tan poc equilibri, que tothom troba tan engrescador, a mi em van fer una sensació desoladora. Només l'estona del cinema se'm va passar una mica, perquè la pel·lícula era de por, d'aquelles que et fan estar fins al final en tensió, a punt de saltar de la cadira. Però ella no va voler seure amb mi: la sentia de tant en tant que menjava blat de moro i que parlava amb els dos que tenia als costats.

Quan la pel·lícula es va acabar, vam anar a les barraques de fira que hi havia on fan el mercat, al costat del riu. Anàvem junts però jo em quedava sempre un pas enrera: caminava amb les mans a la butxaca i tota l'estona pensava que valia més que me n'anés a casa. Però vaig tirar amb una escopeta de balins i vaig encertar totes les boles: llavors la Salut em va dir que li n'ensenyés, i li vaig fer agafar l'escopeta i mirar pel punt de mira, i jo vaig posar la mà a sobre la seva, en el canó, i em tremolava tant que no en vam encertar cap. I li vaig dir: «És que les mans em tremolen». I me les va mirar, estirades, i va veure com se'm movien, i només era perquè se m'havia acostat i li havia tocat les mans. I ens vam mirar i jo només li vaig aguantar la vista un moment; vaig haver d'abaixar els ulls i mirar a terra, i vaig veure que es posava de puntetes i va estirar els braços, me'ls va passar pel coll i em va fer un petó a la galta, quasi a l'orella. I va ser tan dolç, tan calent, que em vaig sentir les llàgrimes entre les pestanyes que em picaven, a un pas de sortir-me, i vaig tenir una pena profundíssima, molt tova, de mi mateix.

I això: a partir d'aquell moment ella va estar més al meu costat però no vaig aconseguir animar-me: al contrari, tenia unes ganes horroroses d'estar tot sol, la veu em sortia trencada i tenia aquelles dues llàgrimes tota l'estona amenaçant descobrir-me a qualsevol moment. I al final, al cremallera, tornant, es va asseure al seient del davant meu, amb els genolls tocant els meus, em va posar les mans obertes a sobre les cuixes i em va dir, fluixet: «Hi tornarem, com ahir, a la cabanya?», i somreia. I no li vaig dir res i vaig mirar per la finestra fins que vam ser a l'estació. Quan vam baixar del cremallera vaig dir que tenia pressa i em vaig avançar tot sol, quasi corrent.

28

I si en Ramon no hagués vingut a casa, molt aviat, a buscar-me, em sembla que no hauria anat a nedar a Ribes, a les competicions, però va venir i no vaig saber dir-li que em quedava. A l'estació vam trobar la Salut i tota la seva colla; a les onze érem a la piscina i encara els organitzadors no havien arribat i no ens vam poder apuntar. Ens vam tirar a l'aigua i vam nedar una mica, sense cansar-nos, i vam jugar un partit curtet de waterpolo amb una pilota petita que no sé d'on va sortir. I va venir la Carme: em va tapar els ulls per darrere i quan li vaig sentir la veu el cor em va fer un salt, se'm va eixamplar: m'hauria agradat poder-li dir que m'alegrava de veure-la, que estava content de sentir-la riure, de tenir-la al davant, que estava tranquil d'endevinar que encara m'estava amiga. Havia d'apuntar el seu germà petit i em va dir: «A més a més, he vingut a veure't guanyar», i ho va dir sincerament, senzillament, i vaig veure que m'estimava i a l'orella li vaig dir que gràcies i em sembla que em va entendre molt bé. I de seguida van posar la taula del jurat, i a sobre la taula van posar ben posades les medalles i els diplomes amb els noms i al darrera la taula un pòdium per als tres primers de cada categoria. Van fer sortir la gent de la piscina i van posar-hi les cordes per marcar els carrerons. Mentrestant havia anat arribant molta gent, sobretot pares, i tots portaven màquines de retratar i vídeos, i hi havia molt d'ambient. I vaig veure que en Ramon feia flexions ajagut a terra i em van venir moltes ganes de riure, perquè en Ramon mai no guanya, cap any ha passat la primera eliminatòria i en canvi sempre està a punt de participar, per anar amb mi, per fer-me companyia i perquè és un noi molt franc i entusiasta. I veure'l allà, esforçant-se, sabent com ell mateix sabia que no havia de guanyar, em va fer que encara em sabés més greu haver-li fallat, haver-lo disgustat amb allò de la cabanya. I em sembla que hauria estat un matí magnífic, molt animat, si no hagués estat per la Salut, que era allà, asseguda a la falda d'un d'aquells de Barcelona, i de tant en tant em mirava i em somreia i era ben bé com si ho fes exprés.

Primer van nedar els més petits de tots, fins a sis anys, i el germà de la Carme va quedar segon, i quan va sortir de l'aigua el vaig anar a veure i estava tan nerviós i tan excitat que ens va fer riure a tots. Al cap d'una mica van nedar la Mar i la meva germana, totes dues de costat, i totes dues ho van fer molt malament —ni es van tirar de cap— però totes dues van sortir molt contentes i van dir que l'any que ve estarien més entrenades i que potser guanyarien i tot. I ara el sol ja començava a picar molt i els qui anàvem en banyador ens havíem de posar una tovallola per sobre perquè a l'esquena i a les espatlles feia mal. I de seguida van cridar els de la meva categoria, i vam haver de nedar en dos torns perquè érem més. Vaig mirar-los i els coneixia quasi tots i sabia com nedaven i sabia que, en condicions normals, els podia guanyar. Dic en condicions normals perquè notava que no estava en forma: tota la concentració que fa falta abans de competir, tota la tranquil·litat, eren nul·les. Només estava pendent de la Salut, asseguda a sobre d'aquell, i de la Carme, que hi era però que estava pendent del seu germà i no la tenia al meu costat com jo hauria volgut. Em van cridar: vam sortir bé, vaig nedar amb control i vaig quedar primer. Ara faltava que nedés l'altre grup i després fer una nova prova amb els tres primers de cada un. Llavors em vaig posar nerviós perquè volia guanyar. Necessitava guanyar i no sabia per què, com si quedar primer m'hagués de treure tota aquella insatisfacció, aquell neguit que arrossegava de feia dies i que em feia estar tan intranquil. Em vaig posar al cap que havia de guanyar. La Salut va venir a buscar-me perquè el seu pare filmava i volia que jo hi sortís: em van fer posar al mig d'ella i la Mar i totes dues m'agafaven per la cintura i jo em moria de vergonya. I vaig veure que la Carme em mirava i quan ens vam trobar els ulls ella va girar cua i se'n va anar cap a un altre costat, i només em faltava això. Llavors tenia ràbia. Em van cridar en aquell moment i estava tan nerviós, tan descentrat, que em vaig tirar abans que donessin la sortida, i al darrere meu es van tirar tots, i la vam haver de repetir. La segona sortida va ser vàlida però aquesta vegada, per assegurar-me, em vaig tirar força després que els altres. I vaig nedar descontrolat, sense treure el cap de l'aigua, fatal. En donar la volta ja vaig veure que m'havien passat al davant: vaig fer l'última piscina a la desesperada, com si em barallés amb l'aigua; vaig notar que havia arribat perquè amb la mà vaig picar fort a la pedra. Vaig quedar tercer, i podia haver guanyat, i sabia que no havia guanyat per tot allò. I vaig tenir de cop ganes, unes veritables ganes, d'acabar-ho tot, d'esborrar-ho tot, que no hagués començat mai res. I vaig veure que la Carme no hi era, i la Salut no em va dir ni una paraula, i sabia que si hagués guanyat s'hauria afanyat a venir. En Ramon va ser l'únic que em va fer costat. Ell havia quedat últim a la primera convocatòria i estava tan content i a mi encara em feia posar més de mal humor. Li vaig demanar que em recollís la medalla, que si volia pugés en lloc meu al pòdium; jo vaig agafar la meva germana i ens en vam anar.

29

Quan vaig arribar a casa em vaig fer el propòsit d'anar a la cabanya tot sol i aquesta vegada mirar si en Ramon tenia raó i mirar de trobar indicis que algú ens l'havia descoberta. Havent dinat va arribar el camió de la llenya i amb el meu pare vam haver de descarregar una tona de fusta i posar-la ben posada al cobert del costat dels galliners. Va bé comprar la llenya a final d'estiu, perquè els troncs són més secs i cremen més bé. Vam aprofitar per netejar una mica el cobert, per treure'n els pocs troncs que quedaven i posar-los a sobre perquè cremessin els primers. Després em vaig asseure al sofà a mirar la televisió i m'hi vaig quedar adormit, i em sembla que m'hi vaig adormir del cansament dels nervis de tot el dia. Doncs això: quan em vaig despertar eren les sis; vaig agafar la bicicleta i hi vaig anar.

I pel camí no volia pensar res però feia cabòries sobre si era possible que en Ramon tingués raó, i si en tenia, sobre qui devia deixar les llaunes de begudes, sobre qui devia haver descobert el lloc i la cabanya. I sabia que en Ramon pensava que era ella; més ben dit, n'estava segur, no en dubtava gens. Jo encara tenia esperances que fos algú altre. Qualsevol, però no ella, perquè li ho havia demanat, li havia fet jurar que no ho diria a ningú, que guardaria el secret. I perquè havia estat durant tot l'estiu el nostre lloc privat i íntim. I perquè allà l'havia tocada i allà ens havíem fet tants petons i em semblava que era un lloc nostre. Com més m'hi acostava més de pressa m'anava el cor i més por tenia. Por de trobar-la-hi. Era com si el cor m'ho digués, com un pressentiment. És per això que en el fons no em va sorprendre com m'hauria sorprès quan vaig veure les bicicletes de tots els de la seva colla al camí, a terra, just allà on baixàvem. I és veritat que el cor m'ho deia, que la trobaria allà amb els seus amics, però no pas per això em va fer menys mal. Em vaig quedar un moment quiet, sense saber què fer, volent marxar però amb els peus clavats a terra. Vaig sentir que parlaven i reien, i la vaig sentir a ella, sobretot, que reia més fort que els altres. Potser va ser això que em va fer baixar, com un esperitat, com si m'empenyessin per darrera. Hi eren tots, a l'altre costat del riu, un parell a dintre la cabanya i els altres asseguts a fora. Quan em van veure van estar contents i em van elogiar el lloc i la cabanya, però jo no els escoltava. Ella es va quedar una mica pàl·lida i em mirava amb els ulls sense expressió, callada. Jo tampoc no vaig saber què dir-li. Vam passar uns segons de silenci i me'n vaig anar, i quan vaig haver fet uns passos vaig sentir que venia al darrere meu, que travessava el riu pel mig, sense descalçar-se, i que em cridava. «No em diguis mai més res», li vaig dir, i jo mateix em vaig quedar sorprès de la meva calma. Abans de començar a pujar el marge la vaig mirar fixament i ella va abaixar els ulls. Així de prop, no la vaig veure cap vegada més.

30

L'endemà va ploure i allò va fer que el final de l'estiu es precipités: els dies es van anar escurçant i al vespre quasi sempre havíem de sortir amb un jersei posat. Alguna vegada la vaig veure de lluny i la vaig esquivar. Ells varen ser els primers d'anar-se'n; des del Raig, amb la meva germana, vam veure com posaven les últimes maletes al cotxe. La Mar va venir i ens va dir adéu: va dir que s'ho havia passat molt bé i que demanaria a la seva mare per tornar l'altre estiu. I després, mirant-me, va dir: «La Salut m'ha dit que et digui adéu». No vaig dir res; al cap de poc el cotxe va engegar, la meva germana els va fer adéu fins que no es van veure i vam tornar tots dos cap a casa.

I tota l'altra gent no van tardar gaire a marxar; al cap de quinze dies el poble tornava a ser buit: al Torreneules no havia de fer cua per jugar al billar, al cafè hi havia només els quatre avis de sempre, a la plaça de l'Ajuntament no hi havia cotxes i les botigues tancaven més d'hora. Tot tornava a ser com abans de l'estiu, com sempre, com abans que ella vingués. Aviat hi va haver pocs cremalleres cap a Núria i només anaven plens els dels caps de setmana. I un dia en Ramon em va dir que des de l'última vegada que havia plogut la cabanya estava molt feta malbé i que l'havíem d'arreglar molt abans que no se'ns podrís tota. I abans que acabés li vaig dir que no pensava anar-hi mai més, i ell tot sol, al final, tampoc no va tenir ganes d'arreglar-la i la va acabar de tirar a terra. I qui sap, penso, si no hagués estat per ella, si encara ara, que ja ha passat temps, hi aniríem i continuaria sent el nostre secret i el nostre refugi. I molt aviat la gent va començar a dir que es veia que aquell hivern havia de nevar molt, i jo em recordava sempre de la picada de l'abella, a començament d'aquell estiu. Doncs això: vaig començar el nou curs amb moltes ganes, amb necessitat de tenir les hores i el cap ocupats. Com cada any vam baixar els cavalls, com cada any passàvem dies sense veure el sol, com cada any, a mitja tarda, cada dia, només el fum que sortia de les xemeneies indicava que al poble hi havia gent; l'hivern va ser potser encara més fred i més llarg que no ho havia estat l'altre. I a vegades em semblava que tots aquests records d'estiu havien empal·lidit i s'havien desdibuixat, però en canvi durant mesos i mesos, sense pensar-hi, a la plaça del Raig, em semblava veure la imatge fugissera dels seus cabells negres contrastant amb violència a sobre d'un fons claríssim, com un d'aquells miratges que el desig et fa semblar reals.

MARIA MERCÈ ROCA

Va néixer a Portbou el 1958, i quan tenia poc més de vint anys, va descobrir que el que més li agradava era escriure. Des d'aleshores compagina aquest plaer amb la seva feina, és a dir, fent classes de llengua catalana per a adults. Amb el llibre de relats *Sort que hi ha l'horitzó* va guanyar el Premi Víctor Català l'any 1986, i amb *El present que m'acull*, el Premi Josep Pla de narrativa l'any 1987. *Temporada baixa*, publicat l'any 1990, ha estat un dels llibres més venuts darrerament en llengua catalana. Només hi ha una cosa que li agradi tant o més que escriure: passar l'estona amb el gat a la falda.

CARTA A L'AUTORA

Els lectors que desitgin posar-se en contacte amb l'autora per comentar amb ella qualsevol aspecte d'aquest llibre, poden fer-ho escrivint a l'adreça següent:

Col·lecció ANTAVIANA JOVE
Editorial Barcanova, S. A.
Pl. Lesseps, 33, entresòl. 08023 Barcelona

ALTRES TÍTOLS D'AQUESTA COL·LECCIÓ

1. Les cartes d'Anna

JAUME FUSTER

El pare d'Anna Aguilera, un polític molt conegut, és a la presó i l'Anna és enviada a Anglaterra, a un internat per a senyoretes.

A través de cartes, faxs i correu electrònic coneixerem l'internat, la seva companya d'habitació i les aventures de les dues amigues a la mansió dels Musgrave, sense destriar mai la imaginació de la realitat, en una aventura a l'estil de les novel·les gòtiques i dels enigmes de Sherlock Holmes, però amb música de fons dels Beatles.

2. El meu cor es diu Àfrica

VÍCTOR MORA

En Gerard Sivilles i el seu equip es dediquen a rescatar avions estavellats en llocs recòndits. Un dia reben l'encàrrec de rescatar un avió sinistrat que, segons sembla, transporta un equip electrònic molt valuós. Però, què conté en realitat l'avió? Per què també hi estan interessats un grup de bandits, una patrulla de l'exèrcit del Zaire i una noia preocupada per la vida dels animals?

La sorpresa està assegurada en una novel·la d'amor i aventures al bell mig del cor d'Àfrica.

3. El misteri del Barri Gòtic

XULIO RICARDO TRIGO

En Manel i en Robert, dos joves aficionats a la literatura fantàstica, troben, en una biblioteca mig abandonada, una obra original anglesa de H. Ph. Lovecraft, el seu autor preferit, i una noia que la consulta. La noia els introduirà en un club molt especial.

Però, quina relació hi ha entre aquest club, la noia i un professor especialitzat en Lovecraft? Quin món secret s'amaga darrere la porta falsa?

Entre la literatura fantàstica i la novel·la de detectius, els protagonistes es bellugaran pels misteris d'un barri barceloní esdevingut l'escenari d'un secret que intentaran desxifrar.

4. L'impostor

MANUEL L. ALONSO

Quan l'Eduard queda orfe a setze anys, la família l'«empaqueta» cap a Mallorca amb el ric i enigmàtic oncle Miquel. Però, en realitat, en Miquel no és ni ric ni enigmàtic, sinó un simple estafador que introduirà l'Eduard en l'ofici.

La sinceritat de l'oncle i les situacions imprevisibles que els tocarà de viure plegats faran que s'estableixin entre ells forts lligams d'amistat i els conduirà a un desenllaç sorprenent.

L'Eduard n'haurà rebut una lliçó per a tota la vida, i el lector, una lectura divertidíssima i inoblidable.

5. Senzillament, pots dir-me Súper

REINHOLD ZIEGLER

En Walter és un jove ple d'imaginació i amb greus problemes per comunicar-se. Quan els altres intenten estirar-li la llengua per fer-lo parlar d'ell mateix, els explica històries estrafolàries o es torna descarat. No diu mai a ningú d'on ve ni on té el pare, ni tan sols a la seva amiga Berta. I segur que la notícia no s'hauria esbombat mai si no hagués estat per l'embolic aquell del segrest i la policia.

Al cap del temps, en Walter, perquè se sàpiga la veritat, escriurà tota la història: des del principi, quan va passar allò dels vídeos, fins al final, quan tots els diaris van publicar la seva fotografia.

6. He tornat per ensenyar-te que podia volar

ROBIN KLEIN

La vida d'en Seymour, solitari i infeliç, canvia radicalment en conèixer l'Angie, una noia bonica i divertida. Aquesta amistat ajudarà en Seymour a trobar la seva pròpia personalitat i, a la vegada, despertarà en l'Angie uns sentiments de tendresa que li proporcionaran la força necessària per refer la seva vida, perquè, malgrat les aparences, l'Angie també se sent sola i atrapada en el seu propi món.

Una bellíssima història que explica el valor de l'amistat i la solidaritat i planteja l'afirmació de la personalitat d'un noi i una noia davant les adversitats.

7. Plantar cara

LLUÍS BUSQUETS I GRABULOSA

L'embaràs inesperat d'una brillant jove de setze anys despertarà molts tabús i provocarà reaccions contradictòries entre les persones del seu entorn més proper, però també en ella mateixa. Malgrat les pressions a què es veu sotmesa i els problemes a què haurà de fer front, la Xènia decideix *plantar cara* a la situació.

8. Fins que passi el que passi

MARTHA HUMPHREYS

El cas d'una companya malalta de sida provocarà reaccions despietades de repudi, però també sentiments intensos de solidaritat i d'amistat. L'aprofundiment en el coneixement d'aquesta malaltia, que fins aleshores havien considerat tan aliena, ajudarà els protagonistes a afrontar el tema amb justícia i, en definitiva, a establir relacions humanes més profundes.

9. El secret d'en Heinrich

JO PESTUM

Quan ja havien après a conviure amb la por i la impotència, arriba a l'escola un company d'aspecte desafiant que desperta en els protagonistes sentiments oblidats de germanor i els injecta noves forces per lluitar contra els actes humiliants a què es veuen sotmesos. Però el desafiant Heinrich amaga un secret molt íntim, un secret que ni els més profunds pactes d'amistat aconsegueixen encobrir...

10. Com un miratge

MARIA MERCÈ ROCA

Durant l'estiu, un noi de poble coneix una noia de ciutat amb qui descobreix l'amor. Aquesta relació el marcarà profundament i dividirà per sempre més la seva memòria entre l'abans i el després d'aquell estiu.

I és que aquell estiu, a Queralbs, tot va ser diferent, va ser com un miratge.

11. Quan de nit truquen a la porta

XABIER P. DOCAMPO

Abans de saber llegir, el que més ens agradava era que ens expliquessin històries. Aquest llibre conté quatre contes que parteixen dels que van néixer per ser explicats oralment i que l'autor va anar recuperant de la seva memòria. Avui estan posats sobre paper perquè els feu vostres, els transformeu en les vostres pròpies històries i després els expliqueu.

12. Rebel

MANUEL L. ALONSO

L'Eduard té disset anys i està completament sol, però lluita aferrissadament per sortir-se'n. Les dures experiències que afronta gairebé a diari li han endurit el cor i l'han fet insensible a la seva pròpia història. L'amor de l'Anna aconseguirà, però, trencar aquesta cuirassa i alliberar el veritable Eduard.

Una bonica història d'amor i d'aventures que exalta, amb convicció, el valor de l'amistat enfront de les adversitats.

13. Mirades en el mirall

Maria Hede

L'Evelyn s'engreixa una mica durant les vacances i comença a obsessionar-se perquè es veu a si mateixa grossa i lletja. Finalment, cau en aquesta terrible malaltia que és l'anorèxia.

L'Evelyn ens explica la seva lluita en un diari corprenedor, una lluita duríssima entre el seu deliri i la realitat, una lluita entre la vida i la mort.

14. Em dic Paco...

Enric Larreula

Catalunya ha rebut molts treballadors i treballadores d'altres zones de l'Estat espanyol. Aquest fet ha repercutit, i encara repercuteix, en la vida social i cultural. En Paco, o en Francesc, segons quina perspectiva adoptem, és el reflex d'una situació que, segons com sigui tractada, pot facilitar la comprensió entre les diferents cultures o el seu enfrontament.

15. Bola de foc

Klaus-Peter Wolf

En Jens no ha pogut superar el trauma d'haver presenciat de petit la mort del seu pare en un incendi. Aquest fet li provoca al·lucinacions desenfrenades.

En el poble actua un piròman molt perillós. ¿És cert que en Jens l'ha descobert, o és un deliri? ¿No pot ser que sigui ell mateix el causant dels incendis?